遥かなる
八月に
心かがよふ

倉島知恵理
Chieri Kurashima

文芸社

目次　contents

プロローグ

2007年6月のその日、一学期の期末テストを終えた拓海《たくみ》の心は解放感で満たされていた。中学生になって最初の山場を越えた達成感のようなものがあった。当初、中学校のテストは塾の模擬テストに比べたらアホみたいに簡単だという噂を耳にして、拓海は甘く考えていた。しかし、中学教師の中にも手強い伏兵がいた。理科の問題には、授業中に先生が口走ったキーワードを聞いていないと解けないものがあったし、数学では高校御三家の入試問題がさりげなく混入されていた。おかげで成績上位ランクインを目指していた拓海は2日間の試験中に何度か冷や汗をかいた。

彼は両親が理科系の大学卒なので、何となく理科系を志望している。ところが、頭の回路は完璧に文科系であると密かに自覚していた。今どきアナログ脳ミソなんて格好悪くて嫌だと思っていたが、そのおかげで国語と社会の得点を稼ぐことができて救われた。

拓海がテストの成績に拘《こだわ》ったのには理由があった。中学校では、毎回のテストの結果から情け容赦なくはじき出される得点と順位の方が通知表よりもはるかに重みのあるものだ。拓海の母は彼が小学校の頃から塾の順位表と得点グラフは食い入るように見たが、学校から渡される絶対評価の通知表にはあまり関心を示さなかった。

さて今回のテスト、手ごたえは上々だ。良い成績をマークできれば、両親はご機嫌だろう。きっと願いを受け入れてくれるに違いない。拓海は自分専用のパソコンが欲しかった。去年はまだ早いという理由で、誕生日プレゼントの候補にさえしてもらえなかった。小学校卒業と中学校入学祝いの時には姉の第一志望高校合格祝いに先を越された。諦《あきら》め切れず、春休みに祖父を丸め込んで勝手に購入しようとしたのがばれて、こっ酷《ぴど》く叱《しか》られた。しかし、今度こそ話を復活させるチャンスだ。誕生日は7月18日、テストの結果が発表されるのは7月9日だから、絶妙のタイミングだぜ。自分専用のパソコンだ！　そう考えただけで拓海の口元が緩み、自然と笑みがこぼれた。

「須田拓海君、よく頑張《がんば》った。僕が褒《ほ》めてあげよう」

と、一人呟《つぶや》いた。

一学期中に済まさなければならない塾の宿題や学校から与えられた課題はまだ山ほどあるが、明日から始めればいいさ。とりあえず今日一日は全部忘れていよう。終わった、終わった、今日はフリーだぜ！

「お帰り、早かったな」

ドアの開く音を聞きつけて、祖父が嬉しそうに玄関までやってきた。

「うん、テストだったから」

拓海は話したそうにしている祖父の前を通り過ぎながら顔も見ないでこう言った。祖父を嫌っていたわけではない。しかし、80歳を過ぎた祖父と会話するのは苦痛だった。幼い頃は遊んでもらったらしいが、最近は煩《わずら》わしいのでどうしても避けてしまう。祖父が気を遣ってくれるほど、反発の意識が嫌悪感となって頭の中に広がった。

『どうせこっちの言っていることについて来られないくせに、話したいなんて言わないでくれよ』

と、拓海は腹の中で思っていた。


「ママは仕事に行ったよ。冷蔵庫にケーキがあると言っていたぞ」

祖父が後ろから声を掛けた。その瞬間、拓海の苛々にカチッとスイッチが入った。訳もなくむかむかと腹が立ち、振り返ると祖父の目ではなく胸を睨《にら》み付けて言った。

「自分の娘のことをママなんて呼ぶなよ！」

「ああ、そうか。ケーキ……」

「いらない」

さっきまでご機嫌だったのに、この気分の悪さはどうしたことだろう。孫を気遣う祖父に向かって、はき捨てるように言葉を浴びせたら、もっと不愉快になった。しかし、拓海は「ごめんなさい」が言えなかった。

『おじいちゃんが余計なことを言うからいけないんだ！』

というサインが頭の中でチカチカした。背中で祖父が静かに立ち去る気配を感じながら、そのまま自分の部屋に向かった。

ベッドに腰掛けると、枕に思い切りパンチを食らわせた。

『枕を殴るのは弱いものいじめか八つ当たりか？』

という問題文が頭にぷかぷかと浮かんで、拓海に苦笑いをもたらした。少しずつ楽しさが戻ってきた。時計の針は2時40分をさしていた。俊介《しゅんすけ》の家に行くのは3時の約束だから余り時間がない。拓海は急いで着替えを済ませ、キッチンに下りて行った。

冷蔵庫を開けると小さな紙箱を取り出した。中にはロールケーキが二切れ入っていた。

姉は夕食まで帰らない。ケーキが自分と祖父のために用意されたことは明らかだった。拓海は暫《しばら》く箱を開けたまま考えていたが、口を尖《とが》らせてため息をつくと蓋《ふた》をして、つぶれない様《よう》に片手に持ってキッチンを出た。俊介と食べることにしよう……。

リビングを通りかかると、祖父がソファでうたた寝をしていた。テレビのワイドショーが眼鏡のレンズに映っていた。その寝顔は萎《しな》びて寂《さび》しげだった。せめてスイッチを切ろうとリモコンを捜《さが》したところ、祖父が握ったまま眠っていることに気が付いた。母が「男の年寄りは何の役にも立たない粗大ごみ」と言っていたのを思い出した。拓海はテレビ本体のスイッチを切ろうとして、ふと手を止めた。待てよ……このメインスイッチを切ると、粗大ごみが目を覚まして再びテレビを見るには立ち上がってここまで移動しなければならなくなる。まあ、どうでもいいか……。拓海は考えるのが面倒になり、そのままにして玄関を出て鍵をかけた。

ケーキの箱をコンビニの袋に入れて自転車のハンドルに無造作にぶら下げた。中身が本物のショートケーキだったら惨めなことになるだろうなと思った。心配御無用。箱は有名店の本物だが、中身は母がスーパーで買った個包装のお手軽ロールケーキだ。母は老舗《しにせ》のケーキ屋の箱に入れると安物も美味《おい》しくなるとでも考えているのだろうか……。

ペダルに片足を掛けて踏み込む前に拓海はもう一度玄関を見やり、口の中で呟いた。

「行ってきます」

予期せぬ死

拓海は大学の教育学部附属中学1年生である。附属小学校からの進級なので、ややメリハリに欠ける中学生生活のスタートを切った。埼玉県内では唯一の国立校なので、地元の人々は校章に気付くと、『頑張ったのね、あなたは優秀なのね』という目で見る。そんな時、彼は『頑張ったのは小学校お受験の時のママでーす』と、言い返したい衝動に駆られる。

友人の俊介は受験戦争を勝ち抜いて中学から拓海のクラスに入ってきた秀才である。小学校時代には何の接点もない二人を結びつけたのはエラリー・クイーンだった。

4月のある日、俊介が「災厄の町」の文庫本をカバンに入れているのを見た拓海は、思わず聞いた。

「クイーンの他の本も読んだ？」

「うん、読んだよ。ローマ帽子からスペイン岬まで、初期の作品は全部ね。小学校の時に、最初はコナン・ドイルにはまったんだよね。でも、今はクイーンの方が全然いや断然面白《おもしろ》いと思う。クイーン読んでるの？」

俊介は目を輝かせて、そう尋ね返した。拓海は得意になって答えた。

「読んだよ。確かにドイルもアガサ・クリスティーよりは面白かったけど、やっぱクイーンの方がスマートでしょ。今はフレドリック・ブラウンが好きなんだ。ショートショートはちょっと難しいけど、星新一みたいな感じで結構いけるんだな」

拓海の言葉を聞いて、俊介は驚いたような顔をした。そしてカバンに手を入れると、もう一冊の文庫本を取り出した。書店のカバーを外すと、それはフレドリック・ブラウンの「まっ白な嘘」だった。


不思議なことに推理小説好き以外には二人の間に共通点と呼べるものは無かった。俊介はスポーツ万能、陸上部期待のルーキーで女子に人気があった。拓海は運動クラブに入らず、放送同好会で映像詩とかドラマの脚本作りに熱中していた。彼は俊介に対してライバル心を燃やすというよりは、男の自分から見てもかっこいい奴と認めた上で憧れに近い気持ちを持っていた。二人は女子の仲良しのようにべったり一緒ではなかったが、時間がある時にはクラスの出来事、家族の事などを話し、教師連中に対する辛口評価では二人とも結構盛り上がった。そして、仕上げに本屋で面白そうな文庫本を共に探して過ごした。

拓海は俊介との一見希薄な友人関係が気に入っていた。お互い、相手が必要以上に他言するような奴ではないと信じる事ができたからだろう。拓海はクラスメートの大半が自分のことを「オタク」と認識していることを肌で感じていた。俊介も本当はそう思っていたのかも知れないが、少なくとも拓海のことを「パシリ」ではなく友人として考えてくれているようだった。拓海はそれが嬉しかった。

今日はこれから俊介の新しいノートパソコンを見せてもらう約束だ。拓海は自分がこれから手に入れるパソコンの機種選定の参考にするつもりで、わくわくしながら俊介の家に向かった。

旧浦和市のこの辺は地名に谷とか窪とか付くだけあって、やたらと坂道が多い。この坂を上りきったところに信号機の無い交差点がある。しかし、拓海はせっかく勢いつけて上ったので止まりたくなかった。実際、彼は今までここで止まったことが殆《ほとん》ど無かった。交通量はそれほど多くないし、いつ飛び出しても大抵《たいてい》は車が止まってくれた。そうだとも、こっちが一時停止だけれど歩行者と自転車は守られて当然なのだ。だから今日も車が止まるはずだった。

ところが、その車は止まらなかった。運転者は拓海に気付くのが一瞬遅かった。車のブレーキ音とほぼ同時に自転車が脆《もろ》く崩れる鈍い音……拓海の身体は車体のフロントガラスに当たった。そして大きく一度バウンドしてから、路面に頭からたたきつけられた。すべてが夢の中のようだった。車のドアの音、走り寄る足音……。

「おい、しっかりしろ」

「子どもじゃないの！　大丈夫？」

「頭を打ったみたいだ！」

「こりゃ酷《ひど》いな、動かさない方がいいだろう」

「急に飛び出されて、避けられなかったんだ。ああ、私はおしまいだ。もうダメだ。どうしたらいいんだ」

と上ずった声……。

「早く、救急車！」

「早くしてっ！」

周囲の緊迫したざわめきが急激に遠のいていった。あぁ、いったいどうしちゃったんだろう……？　拓海は不自然な格好でアスファルトに横たわっていた。その虚ろな目が人々の足の向こうに見たものは、つぶれたケーキの箱と道路沿いに咲き乱れる紫陽花《あじさい》の瑞々《みずみず》しい輝きだった。

もうひとつの死

　それは大正12年の初夏だった。鈴江《すずえ》は数日前から身体の具合が良くなかった。咳《せき》が止まらず、歯がガタガタと音を立てるほど寒く、背中に砂袋を載《の》せられたような苦しさが続いていた。母親の民子《たみこ》は夫の善三《ぜんぞう》が営む小さな仕立て屋を手伝うのに忙しく、娘の異変に気付いていなかった。

「鈴ちゃんや、ちょいと役所の先の星野さんに煙草《たばこ》を買いに行ってくれないかね」

　鈴江の家は中山道《なかせんどう》の玉蔵院《ぎょくぞういん》から路地を少し入ったところにあった。表のガラスには「テーラー岩崎」と金文字で書かれていた。母にお使いを頼まれて、小銭を握って外には出たものの、鈴江はそのガラスに寄りかかり、ずるずるとくずおれた。遠くで下駄の音が聞こえる……続いて人声がする……。通行人から知らされた母が店から飛び出してきた。鈴江は朦朧《もうろう》とした中で「鈴、鈴っ！」と肩を揺すられるのを僅《わず》かに感じた。彼女は返事をしようとしたが、もはや声は出なかった。

　その夜、往診に来た医者は眉間《みけん》にしわを寄せて言った。

「重い肺炎を起こしておるから、助かるかどうか難しいところだ。覚悟はしておいてな……」

「覚悟って……？　命が危ないってことですか？　死ぬかも知れないってこと……？

先生、あの子はまだ11なんです。たった一人の娘なんです。どうか助けてやってください。なんでもしますから……お願いします。本当になんでもしますから……。ああっ、どうしてこんなことに……」

民子は泣き崩れた。善三は憔悴《しょうすい》した顔で医者に尋ねた。

「私らに何かしてやれることがあるでしょうか？」

医者は困った顔になって首を振りながら言った。

「今は冬ではないが、何年か前に流行《はや》ったスペイン風邪に似た症状だ。私にもこれ以上できることはないんだよ。栄養を取って、少しでも体力をつけてあげるくらいしか……」

医者は善三の肩に手を置き、一度ぎゅっと力を入れてから立ち去った。

再び降り出した雨の音と鈴江の荒い息の音だけが小さな家の中を漂っていた。善三と民子は夜が更けてやがて明けるまで、ほとんど無言のまま過ごした。二人は10年ほど前に、当時5歳だった男の子を腸閉塞《ちょうへいそく》で亡くしていた。善三は腕のいい職人だったが長男を死なせてしまった後悔と失望から仕事をしなくなり、次第に客足も遠のいて、神田の店をたたむ事になった。その後、以前顧客だった判事の引きで、浦和の玉蔵院近くに乳飲み子《ちのご》の鈴江を連れて移り住むことになった。数年を経てこの辺の土地柄にもなじみ、役所や裁判所関係の客の注文が入るようになり、やっと普通の幸せを取り戻しかけたところだった。

翌日の昼近くなって民子が仕事場のカーテンをのろのろと開けると、近くの料理屋の女将《おかみ》さんが皿を手に立っていた。

「ちょいとお邪魔しますよ。鈴ちゃんが大変なんだって? これ、店のもんだけど板さんに頼んで急いで蒸してもらったんだよ。あったかいうちに食べさせてやって」

「ああ、ありがとうございます。でも、こんな高価なもの……」

「遠慮しないでさ、うなぎは栄養があるんだ。元気が出るよ。鈴ちゃんは人並み以上に賢い子だから、将来は、ほら、あの別所に建った女の師範学校に行くだろうって、うちの亭主といつも話してるんだよ。きっと良くなるからね」

そう言って女将さんは微笑《ほほえ》んだ。その目は静かに潤んでいた。女将さんが帰ると仕事場は再び静まりかえった。柱時計の刻む一秒一秒が、鈴江の余命を告げるように民子の心をも刻んだ。

民子は鈴江を抱き起こすと、柔らかく蒸し上がったうなぎの身を一口大ほど箸で取り、半開きの口元に運んだ。うなぎは鈴江の口からぼろぼろとこぼれ落ちた。その姿があまりにも哀《あわ》れで、善三は泣いた。民子は箸を置くと鈴江の痩《や》せた肩を抱き寄せて言った。

「鈴ちゃん、こないだから欲しがっていた本、ほら、新しく出た『少女倶楽部』とか言うの、けちけちしないで頼んであげればよかったね。立派な本屋さんが直《す》ぐそこにあってのに……ぼやぼやして駄目なお母ちゃんだった。ごめんね、許しておくれ。そうだ、来月には満で12歳だもの……大好きな本をたくさん買ってあげようね……」

民子の言葉は嗚咽《おえつ》になり、薄暗い四畳半の隅々に吸い込まれていった。善三はよろよろと立ち上がり、雨戸を開け始めた。昼の光が急に差し込み、善三は眩しさに顔を背けた。その時、後ろで民子が大声をあげた。

「鈴っ！　鈴っ！　あんた、どうしよう、鈴が息をしてないよ。鈴ちゃん、起きて！　お願いだから、起きておくれ！　鈴、鈴、鈴っ！」

善三は慌てて振り返った。娘の名を呼び続ける民子の叫びが頭の中を空しく回転していた。縁側の先で昨夜の雨に濡れた紫陽花がきらきらと輝いていた。その反射光が閉じた鈴江の瞼《まぶた》に蝶のように舞っていた。

真っ白な闇

拓海は手術室からＩＣＵ（集中治療室）に運び込まれた自分の身体を不思議な気分で天井から見下ろしていた。首から上はまるでミイラ男のようだ。沢山《たくさん》のチューブやコードでつながれて、あれじゃ可哀《かわい》そうじゃないか？　まもなく、廊下で待たされていた父、亘《わたる》と母、恵子《けいこ》は看護師に割烹着《かっぽうぎ》のような白衣を着せられておずおずと病室に入ってきた。二人があまりにもうろたえているので、拓海は「ここにいるよ」と声をかけてやりたかった。しかし、既に肉体を離れてしまった拓海の存在に気が付いてくれる人間はいなかった。

モニターを睨《にら》んでいた医者が顔を上げて言った。

「頭の硬膜《こうまく》の下にできていた血腫《けっしゅ》つまり血の塊《かたまり》はきれいに取りました。しかし、術後の脳の腫《は》れが酷いので予断《よだん》を許さない危険な状態です」

恵子は医者の言葉を理解できないといった様子で亘の顔を見た。亘は医者に向かって言った。

「そっ、それは死ぬかも知れないということですか？　先生は今、血の塊は取れたって言ったじゃないですか？」

医者は困った顔をして答えた。

「幸いなことに出血は硬膜下に限局《げんきょく》していましたので、脳は事故による損傷《そんしょう》を免れました。しかし、我々の予想を超える急激な腫脹《しゅちょう》を起こしています。身体の他の部分なら腫れが引くまで待てば済むのですが、脳の場合は頭蓋骨に囲まれていますので逃げ場がありません。ひどく腫れると脊髄に向かって脳が押し出されてしまいます。この脳ヘルニアが高度になると組織が破壊され、助かったとしても意識が戻るかどうか……」

医者が話し終わらないうちに、恵子が拓海の身体にしがみつき、大声で名前を呼び始めた。

「拓海、拓海っ！　ママ怒ってばかりでごめんね。ああ、あんなに叱るんじゃなかった。パソコン買ってあげればよかった。ごめんね、ママを許して……拓海。拓海、お願いだから目を覚まして……返事をしてちょうだい……」

亘が恵子の肩を抱き寄せると、彼女の声はすすり泣きに変わった。拓海は居たたまれなくなって、廊下にすべり出た。長椅子に姉の宏美《ひろみ》と祖父が座っていた。二人とも深刻な顔で、居心地悪そうに膝《ひざ》の上の自分の手を見つめていた。

祖父は4年前にこの病院で50年連れ添った妻を看取《みと》った。彼は公務員から嘱託《しょくたく》の事務員を経て70歳で引退した。思い出深い浦和本太《もとぶと》の古い小さな家で、妻と二人、のんびり暮らそうと考えていた。同じ市内に住む娘の恵子と孫たちが買い物や学校帰りに寄って行くことも楽しみにしていた。ところが、退職して間もなく、彼は妻の言動がおかしいことに気付いて愕然《がくぜん》とした。我が家が見えるほどの近所で道に迷ったり、何十年も繰り返してきた炊飯や洗濯の仕掛け方が分からなくなったり、自分の衣類や化粧品が盗まれたと思い込んで騒ぐようになっていた。そんな妻を連れて、彼は専門医のドアを叩《たた》いた。

診断は認知症だった。思えば家のことは任せきりで、妻の健康に気遣うことも無かった。今まで自分ではお茶を注ぐことさえしなかった彼は、妻のために慣れない家事を毎日黙々とこなした。そして、途方に暮れながらも懸命に彼女を介護した。しかし、症状は徐々に進行した。「認知症は治らないのよ」と恵子に言われても、「いつの日か、きっと昔の母さんに戻れる」と信じ、彼は在宅介護を続けた。「いい薬がある」と聞けば、高額でも迷わず直ぐに調達した。年金は生活費に消え、二人の老後のための貯えは見る見る減り、まもなく底をついた。安心のために介護保険料と健康保険料を真面目に納め続けてきたのに、実際には、それでは全然足りないことを思い知らされた。老いることは寂しい。その寂しさの中に先行きの不安が堆積《たいせき》していた。

そんなある日、妻に「お父さん、このコブが邪魔でね」と言われて見ると、彼女の下腹に拳《こぶし》大の腫瘤《しゅりゅう》ができていた。直ぐに医者に診てもらったが、手遅れだと言われた。卵巣癌《らんそうがん》だった。認知症と癌、どちらも早く気付いてやれなかったことを、彼は今も深く悔やみ続けている。大切なパートナーが逝《い》って介護労働から唐突に解放されてしまった空しさを、祖父は病院の長椅子で改めて思い起こしていた。


拓海がそのまま立ち去ろうとした時、祖父が何かを感じたように驚いた様子で拓海の方を見上げた。拓海は振り返って、できることなら自分の存在を知らせたいと思ったが、祖父はまた下を向いてしまった。

「おじいちゃん、どうかしたの?」

宏美の問いかけに祖父は首を振って言った。

「なんだかここに立っているような気がしたんだよ……」

「立っているって?」

「拓海がここに……ふっとそんな気がしてな…… いや、いや、代われるものなら私が代わってやりたいと考えていたものだから……この老いぼれは、どうせあと何年かでお迎えが来る身だ」

二人の座っている所から少し離れたナースステーション前の待合所にあるテレビ画面が見えていた。国会中継のようだ。「美しい国、日本」「国を愛する心」という若い首相の言葉が切れ切れに流れてきた。祖父はゆっくり頷《うなず》きながら言った。

「私らが宏美や拓海の年頃には、愛国心とは国のために命を捧げることだと教えられたもんだ。不思議なものでな、あの頃はみんな何の疑問も持たなかったよ。この言葉には昭和の悲しみがたくさん染み付いている。どうしても戦争が思い出されて、これから先が心配になるよ。私は長く生き過ぎた……拓海、代われるものなら……」

祖父はしわだらけの両手で顔を覆った。

拓海は何かに導かれるように外へと彷徨《さまよ》い出た。混み合う病院ロビーを通り抜ける時、人とぶつからないように避けようとして、その必要が無いことに気づいた。人々が拓海の身体を素通りして過ぎて行った。何年か前にゴーストの映画を観た時、あんなふうになれたらどんなに面白いだろうと考えたものだった。魂《たましい》ってものは、もっと軽やかで清々《すがすが》しいものかと思っていた。ところが実際そうなってみると、何と惨めな気分だろう。まるで濡《ぬ》れたタオルで全身を包まれているような実に嫌な感じだ。

病院の周囲を暫《しばら》く漂っていると、所々にすごい力で引っ張られる場所があることに気付いた。普通の人間の目には見えない空気の亀裂《きれつ》のようなものが点在している。そのまま吸い込まれるとどうなるのかしらと思いながらも、拓海は本能的にその力に抵抗した。吸い込まれたら、きっと本当の「あの世」とやらに文字通り逝ってしまうことになるのだろう。拓海は急にいつもの平和な生活に戻りたくなった。自分中心の忙しさに埋没している母と存在感の全く無い父と小うるさい姉と鬱陶《うっとう》しい祖父の待つ「我が家」に帰りたくなった。

そうだ！　こうしちゃいられない。戻らなくちゃ……。病室に帰ろうと向きを変えた瞬間だった。拓海はものすごい力の渦に巻き込まれた。抵抗を試みたが無駄だった。巨大なウォータースライダーに飲み込まれた落ち葉のように、なすすべも無く流されて行った。

そこはジメジメした雑木林のはずれだった。後ろには鬱蒼《うっそう》とした茂みが奥深く続き、前方を見やると濃い霧が低くたち込めていて、その先がどうなっているのかよく分からなかった。小波かせせらぎのような音が微《かす》かに聞こえる。たぶん近くに池か川があるのだろう。辺りは薄暗く、夜明け前のようでもあり黄昏《たそがれ》のようでもあった。空気がしっとりとまとわりついてきた。寒いような気がして、耳の後ろからじわっと鳥肌が立った。とにかく動くことにしよう。その時、何かの気配を感じて、拓海は振り返った。女の子だ！

彼の数歩後ろに10歳くらいの女の子が立っていた。今どき珍しいおかっぱ頭で浴衣《ゆかた》のようなものを着ている。彼女は拓海が不意に振り返ったので、驚いて両手で自分の胸元をしっかりつかんだ。そして大きく目を見開き、息をころして拓海を凝視《ぎょうし》している。その少女があまりにじろじろ見るので、拓海は自分が裸ではないかと心配になり、慌てて身体を確かめた。『ああ、よかった』ちゃんと事故に遭《あ》う前のTシャツとジーンズを着ている。

拓海はぎこちなく少女に話しかけた。

「あのう……、この辺に住んでるの？」

少女は同じ姿勢のままで首を横に振った。

「えーと、ここが何処《どこ》だか知ってる?」

少女はまた首を振った。拓海が身体の向きを変えようと動いたら、彼女は怯《おび》えて一歩さがった。

「怖がらないで……大丈夫だよ……何もしないからさ」

拓海は両手を優しく広げて見せてから続けて言った。

「誰かと一緒じゃないの……ひとりなの?」

今度は頷いてくれた。拓海は会話の途切れるのが怖くて、必死で話題を探した。そして自分の胸に右手を当てて言った。

「名前は須田拓海、開拓の拓に海って書く。お父さんが海に関係したお仕事ですかとか人から聞かれるけど、本当は全然違う。7月に生まれたんで、夏でしょ。ほら、夏は海ってワケでさ、すごく安易なネーミングなんだ」

彼女は硬い表情のままだった。どうして、もう少し気の利いたことを言えないのだろうと自己嫌悪に陥《おちい》るほど気まずい沈黙が続いた。

拓海がやっぱりダメかなと思い始めた頃合に彼女がポツリと言った。

「7月生まれ……」

「へえー、7月何日？　こっちは18日」

「18日」

「こっちが18日、そっちは？」

「18日」

「えーっ、すごい。誕生日、同じなんだね。ひょっとして、そっちも平成6年生まれ？」

「へ、イ、セ、イ？」

彼女は再び気味悪そうに拓海を見つめた。

「そう。1994年生まれだよ。そっちだって、どう見ても昭和生まれじゃないでしょ？」

「……」

「どうしたの？」

「あのう……44年生まれ……明治……明治44年。千九百なん年か、分かんない」

それから、彼女は懇願《こんがん》するような目で拓海を見据え、消え入るような声で言った。

「今は大正12年……？」

今度は拓海が混乱する番だった。「冗談キツイぜ」と口をついて出そうになったが、彼女の目にじわじわと涙が溢《あふ》れそうになってくるのを見て、慌てて聞いた。

「名前、なんていうの？」

「岩崎鈴江」


二人が出会ってから、かなりの時間が経過しているのに、辺りは薄暗いままだった。もしかすると、ここには昼も夜も無いのかも知れない。

「もうちょっと先に進めば少しは明るいかも知れないよ。行ってみない？」

拓海は数歩進んでから、固まったままの鈴江に呼びかけた。彼自身も心細く、仲間が欲しかった。その気持ちが彼の右手を自然と鈴江の方へと差し出させた。彼女は躊躇《ちゅうちょ》しながらも応えるように拓海の手を握った。林を抜け出ると二人は小石を踏みしめて立った。やはり波の音がしている。誰かに鼻を摘《つま》まれるまで分からないほど濃く白くもやっていた。拓海は「真っ白な闇」だと思った。

ゆっくり進んで行くと足元の砂利が水分を含んでいることに気づいた。周囲には、子どもが積み上げたような小さな石ころの山が点在していた。さらに歩くと何かに水が打ち寄せるような軽い波音が近くなって来た。

「あっ」

鈴江が息を飲み込むような小さな声を上げた。拓海が数歩後ろの彼女を振り返ると、その目は彼の肩越しに、遥か前方に向けられていた。彼女の視線の先を暫く見つめていると、霧の中に古びた桟橋《さんばし》のシルエットが浮かび上がってきた。朽ちて折れかかった橋脚に打ち寄せる波が音の正体だった。

「やっぱり湖みたいだ。行ってみようよ」

「だめっ……誰かいる。きっと鬼よ。どうしよう……ここは賽《さい》の河原に違いないわ。怖いっ！」

鈴江は拓海の腕にしがみついた。拓海は女の子に頼りにされていると感じて、悪い気はしなかった。それにしても、この子は何故《なぜ》こんなことを言うのだろう。

『賽の河原って何だっけ……どこかで聞いたことがある、賽の河原。えーと三途《さんず》の川？冥土《めいど》？　地獄……？　あれっ、そうだ！　芥川龍之介の「蜘蛛《くも》の糸」だ！　もしかして、この子も死にそうな体験をしたのだろうか……』

そんな思いから、彼は自分の身に起きた出来事を話しだした。

「自転車に乗っていて車とぶつかっちゃったんだ。頭に大怪我《けが》をしてさ、病院に運ばれたんだけど……今ね、怪我した身体は病院に置いてきちゃった。ここはどう見ても天国っぽくないけど、死んじゃったからここにいるのかな、どう思う？　そっちはどうしてここにいるの？」

鈴江は桟橋の方向から目を逸《そ》らさずに答えた。

「お母ちゃんにお使いたのまれて……煙草屋まで……それしか覚えてないの。何日か前から、ひどく風邪をひいて、ぞくぞくして寒くて、身体が痛くて息が出来なくて、とても苦しかったよ」

それから急に声を潜《ひそ》めて言った。

「あっ、ねえ、やっぱり誰かいる。動いているわ。ほら、見て！」

先ほどまで桟橋の一部のように見えていた曲がった柱がよろよろと移動して陸側の端までやって来た。人影だ！　それは老人のようだった。辺りの様子を窺《うかが》っているらしい。

二人は少し背の高い草むらに身を寄せて暫《しばら》く様子を見ることにした。かがみながら拓海が言った。

「それってさ、君が罹《かか》っていたのは、ただの風邪じゃなくてインフルエンザだったんじゃない？」

「イ、ン、フ、ル？」

「そうだよ。昔は効く薬がなかったし、栄養状態が今より悪かったから、インフルエンザの流行で、たくさんの人が死んだって聞いたことがある」

「むかし……昔？　今より悪かった……？　死んだ？　あっ、舟よ！」

今と昔の会話はここで途切れた。10人も乗れば満員になってしまいそうな手漕《てこ》ぎの小舟が霧の中からゆっくりと現れて桟橋に近づいて来た。それが合図だったかのように、陸側から数人の人影が集まりだした。そのうちの何人かはそれほど違和感の無い服装だったが、ある者は時代劇から抜け出したような侍の姿、またある者は今までに見たことのない宇宙服のようなものを着ていた。まるで映画の撮影所風景のようだ。言葉を交わす者も無く、暗い沈黙に包まれたまま、一人ずつ舟に乗り込んだ。

桟橋の老人は曲がった腰をさらに曲げて、一人ひとりの顔を覗き見ていた。そして、赤ん坊を抱いて列の最後を歩く和服の女性が通り過ぎると老人は船頭に向かって一度だけ頷いた。やがて舟は滑るように霧の中へと消え、桟橋は再び彼一人の場所になった。

拓海はしゃがんでいて痺《しび》れてしまった脚を伸ばしたくて軸足をかえようとしたが上手

くいかず、背後の小さな石積みに尻もちをついた。草がざわざわと大きく揺れ、足元では小石が躍った。老人は振り向き、二人が隠れている草むらをじっと見つめている。それから、ゆっくり桟橋を下りると、足を引きずりながらこちらへ近づいてきた。

やり過ごせるはずが無いのに、二人とも息を潜めてじっとしていた。一歩また一歩と次第に近づく足音を聞きながら、拓海はその場からウサギのように飛び出してしまいたい衝動に駆られていた。その時、緊張に耐えかねた鈴江が急に泣き出した。拓海はそれに驚いてバネ仕掛けのようにぴょんと立ち上がった。鼻がぶつかりそうなほど目の前に、あの老人の顔があった。

皮膚は渋紙のようにどす黒く、右目は焼き魚の目のように汚く濁って不透明だった。歯は殆ど抜け落ちて、口を開くと片側の犬歯だけが見えた。痩せて異様に頬《ほお》のこけた醜い顔は、長く伸びて絡《から》まり放題になっている灰白色の髪と貧弱なぼさぼさの髭《ひげ》に縁取られていた。衣服は周囲の色に溶け込んでしまいそうな灰色の作業着のようなものだった。

「うわぉーっ！　たっ、たっ、助けて！　助けてー！　助けてーっ」

拓海は首筋から額にかけて髪の毛が一斉に逆立つのを感じながら反射的にわめき続けた。ところが老人の方も不意を突かれて戸惑っていた。威嚇《いかく》すると言うよりは、拓海に

つられたかたちで「うぉー」と一声上げた。それから、老人は相手が子どもであること
に気付くと、ばつが悪そうに言った。
「おいっ、うるさいぞ、坊主。そっちの泣いてるのを連れてこっち来な」

拓海はまだしゃくり上げている鈴江の手を引き、老人の後ろを無言のまま歩いた。老人は桟橋の端に座ると、二人にも座るよう促しながら言った。

「二人ともこんなところでいったい何をしているんだ？」

「えっ、それって……どう説明したら……交通事故に遭って、その子は病気で……さっき、あっちの林の中で会って……」

要領を得ない返事をしている自分がもどかしくなり、拓海は思い切ってこう聞き返した。

「あのう……ここは天国ですか？」

老人は本当に驚いた様子だった。生きている方の左目を倍ぐらい真ん円にしたかと思うと、いきなり残り少ない歯をむき出しにして笑い出した。

「ここは天国ですか？　ときたか、そいつはいいや、ここに来てそんなことを言った奴は坊主が初めてだよ。はっはは、へへっ、ひひっ……」

それから彼は唐突に真顔になり、低い声で話し出した。しわがれ声なのに一度耳にしたら忘れられないような、刃物の切っ先を想像させる恐ろしい声だった。

「あの舟は客を乗せて沖へ向かっては、必ず空になって戻って来る。舟に乗った奴らが何処に行くのか俺は知らないし、知りたいとも思わねえよ。どうせ俺はここに居るしかないんだ。生きることも死ぬことも禁じられた身がどれほど惨めなものか、お前たちには分かるまい……」

老人は自分の話を本気で聴いているかを確かめるように、二人の顔をかわるがわる見据えて続けた。

「俺は人を殺した。いいか、俺は人を殺したんだ。遊ぶための金が欲しくて、盗みに入って……それも、一人じゃねえ、三人も殺しちまった」

老人はまるで煙草を燻《くゆ》らせるように、大きく息を吸い込み、ゆっくりと吐き出した。その間合いは拓海と鈴江の心に更《さら》なる恐怖感を浸透させた。

「さ、さ、殺人ですか？」

拓海は聴いていますよと答えるように合いの手を入れた。

「強盗殺人……捕まれば死刑に決まってる。俺は逃げた。一箇所に長くは隠れていられないし、逃げるための金をまた盗んだ。その繰り返しでぼろぼろになっちまった。それでも捕まるのが怖くて、逃げて逃げて逃げ続けた。長い長い年月が過ぎて、時効の日がやって来た。俺は勝った」

老人の口元が僅かに緩んだ。しかし、直ぐに渋い顔になり、かみ締めるように続けた。

「そうだとも、あんときゃ俺は勝ったと思った。だけどな、逃げる必要が無くなって、気が付いたら俺は病気になっていた。胃癌だとさ、それも末期の……もっと前に警察に捕まっていれば、助かったかも知れん。俺はついてない。苦労して逃げ回った挙句《あげく》に病気で死ぬなんてよ。全く皮肉なもんだ。ついてないよ」

「人殺しには当然の報いだわ。自分のことしか考えていないから、ばちがあたったのよ。私はそう思う。あなたに殺された人が可哀そう」

いつのまにか泣き止んだ鈴江がきっぱりした口調で言った。拓海は、彼女が老人の話に対する嫌悪感を迷わず表明したことに驚いた。ただ泣き虫なだけの女の子ではなさそうだと感心しながらも、老人が怒り出すのではないかと心配になった。拓海がそちらに顔を向けると、彼は「ふん」と鼻を鳴らし、何も聞こえなかったように再び話し出した。

「苦しかった……時々襲ってくる耐え難い痛みから逃れたくて、俺はとうとうあれほど恐れていた死を望むようになった。ところが、天はそんなことじゃ許しちゃくれなかったよ。本当の罰はまだ始まってはいなかった」

彼は舟が消えた沖に眼差《まなざ》しを向け、ため息をついてから続けた。

「池袋の薄汚い路地の奥で、若いチンピラに腹を刺されてよ……。あの時、俺は具合が悪くてそこで寝ていた。でも、奴は通りがかりに目障りだというだけで刺しやがった。俺が抵抗できないと分かっていたから、憂《う》さ晴らしにやりやがったんだ。ひでえ話だろ。情《なさ》けの『な』の字もねえってことよ。生ごみに埋もれて俺の身体は終わった。明け方にカラスまでが目を突きやがった」

彼は思い出したように、濁った右目を痩せた手で覆った。拓海は身を乗り出して言った。

「それで、あなたもここに来た？」

「俺はこれですべて終わったと思った。この場所にたどり着いて他の奴と同じように舟に乗ろうとした時、桟橋の番人に俺だけ止められた。俺には仕事があるから舟に乗れないと番人は言いやがった」

拓海は次第に話に引き込まれ、「お話」を聞かせてもらっている小さな子どものように言った。

「それから、どうなったの？」

「番人は俺が来たおかげで、やっと自分の仕事が終わると嬉しそうに言っていた。そして、俺の目の前であっと言う間に朽ち果てて消えちまった。人間の形が恐ろしい速さで崩れて行くさまを見て、俺は脚が震えた。それで、俺にも分かった。あの番人は俺と同類だったんだ。現世で許してもらえねえようなことをしでかして、ここに繋《つな》がれていたんだと……。番人の仕事を俺に渡すことができて、やっと、あの世の死刑つまり消えて無くなることを許してもらえたということだ」

その時、沖の霧の中からこちらに向かう舟の影が小さく見えてきた。老人はそちらの方に顎《あご》をしゃくって続けた。

「つまり、俺は罪を償わずに一生を終わってしまった罰として、死ぬことさえ永遠に取り上げられてしまった。この世とあの世の継ぎ目みたいなこの場所で、見えない鎖に繋がれて、こうして桟橋の番人をしている。ほら、舟が来た」

彼はゆっくり立ち上がり、ちらほらと集まり始めた人影をじっと見つめていた。今度もいろいろな時代を連想させる姿の人々だった。年をとった者が多いが、若者もいた。その不思議な行列を見ながら、拓海が言った。

「あのう……どうして時代劇に出てくる格好の人とか……いるんだろう?」

老人は近づいて来る人々から目を離さずに言った。

「あの雑木林の中には、何千何万という迷い人が彷徨っている。この桟橋にたどり着いてすんなり舟に乗って行っちまう奴もいれば、回れ右して現世に戻って行く奴もいる。この薄暗くジメジメした継ぎ目の場所では時間なんて関係ない。だから時代も関係ない。だけどな、一度舟に乗ってしまったら、二度と帰れない。ここは天国かだって?……とんでもねえってことよ……」

老人は急に言葉を切ると、列の最後にいる初老の男に鋭い視線を向けた。黒っぽい背広はくたびれてよれよれだった。禿《は》げ上がった頭の後頭部に少し残る髪の毛が、気の弱そうな風体《ふうてい》をいっそう強調していた。拓海にはその男が凶悪犯とは思えなかった。しかし、桟橋の老人はその男から目を離そうとはしなかった。

不意に男に近づくと、老人は両手で彼の肘《ひじ》の辺りを強くつかんで言った。

「あんた、舟に乗っちまったら二度と帰れないんだぞ! 今なら、まだ間に合う。家族が恋しくないのかよ」

男は震える小声で答えた。

「私はおしまいです。すべてを失ってしまった。もう、ダメなんです。あの時、どうしてきっぱり断れなかったのか……。直ぐ返すから金を融通してくれって頼まれたのが最初で、ずるずる引きずり込まれて……途方も無い借金を背負って、くる日もくる日も返済に追われ……もう、疲れてしまいました。自分で終わりにさせてください。家族も……私なんかいない方がいいと思っていますよ」

傍《そば》で聞いていた拓海は「いない方がいい」という言葉にドキッとした。誰もいないリビングのソファにぎこちなくもたれていた祖父の寂しげな寝顔が胸に重く蘇って来た。おじいちゃんも自分のことをそんなふうに考えているだろうか……。拓海が我に返ると、二人のやり取りはまだ続いていた。老人は男の腕を握ったまま目を閉じた。そして、数秒間の沈黙の後、男に言った。

「俺にはあんたのことを呼んでる声が、まだ聞こえるぜ。あんたのカミサンと子ども達だろが……」

男は老人に促されて目を閉じた。やがて、閉じた瞼の端から涙が止《と》め処《ど》なく流れ落ち、男はその場にくずおれた。老人は船頭に向かって頷き、舟は男を乗せずにゆっくりと桟橋を離れて行った。

老人は男を立ち上がらせ、桟橋に背を向けさせながら言った。

「苦しいだろうが、もうひと頑張りしてみな。ここに来るのはそれからでも遅かぁないぜ。そんときは俺もあんたを止めたりしない」

男は、もと来た方へとよろよろ歩きだした。その背中に向かって老人は殆《ほとん》ど聞き取れない小さな声で呟いた。

「あんたみたいな善人はこんな死に方をしちゃいけねえよ」

それまで黙って見ていた鈴江がポツリと言った。

「あのひと、自殺しようとしたの？」

老人は黙って頷いた。男の後ろ姿は徐々に薄れて、やがて跡形も無く消えた。


「さてと、次はお前たちの番だ。二人とも舟に乗るには百年早いぜ。とっととお袋のところへ帰りな」

桟橋の老人はそう言い捨てて二人に背を向けると、橋の中ほどまで足を引きずって行った。そして、最初に見たときのようにじっと動かず、まるで桟橋の一部のような姿になってしまった。拓海と鈴江は雑木林に向かって戻り始めた。再び林に入る前に拓海は桟橋を振り返りながら言った。

「あの人、もう罪は償ったんじゃないかな。それに、それほど悪い人じゃないような気がする。自殺しようとした人を助けたでしょ？」

鈴江は少し間を置き、難しい顔になって言った。

「私、罪は罪だと思う。それを本当に許せるのはあの人に殺された人達よ。そんなこと実際には不可能だし、殺された人の方はどうやっても救われない……理不尽《りふじん》だわ」

それから、彼女も桟橋を一度振り返って表情を和らげると付け加えた。

「でも、あの人、自分は間違っていたと、すごーく悔やんでいるのだと思う。だから、まだ生きられる人は舟に乗らないように追い返してくれるのよ。おじいさんだと思ったけど、左目の輝きは意外に若々しかったから、本当は見た目ほどの年じゃないのかも知れないわ。永遠に悔やみ続けることって、酷く老け込んでしまうほど辛《つら》いものなのかも……」

拓海は彼女の判断の明晰《めいせき》さに、内心舌を巻いていることに気付かれないように数歩前を歩きながら言った。

「すげえクールだね。大正の鈴江さん」

「クール？」

「うん。格好よくて頭がいいってこと」

「ありがとう。ヘイセイの拓海さん」

その声にエコーのような妙な響きを感じて、拓海は鈴江の方へ振り返った。しかし、そこに彼女の姿はなかった。出会った時と同じように、彼女は唐突に消えていた。どうしたのだろうと考えている余地《よち》はなかった。突然、拓海は自分の身体が分子レベルの粉に分解されて煙になってしまったような不思議な感覚に襲われた。そして次の瞬間、彼は病院のロビーを漂っていた。


何処からかすすり泣きが聞こえる。それは手術後に拓海が運び込まれたＩＣＵからもれてくる母の泣き声だった。拓海はただならぬ気配を感じて病室へと急いだ。壁をすり抜けると、部屋の中は異様に重苦しい空気で満たされていた。医者が何か重大な宣告をしたところのようだ。ドアの直ぐ内側に祖父が張り付くように立ち、その隣に宏美が身体を強張《こわば》らせて立っていた。亘と恵子は拓海が横たわるベッドの傍らにしがみつくようにしていた。

亘が恵子をなだめるように彼女の手を握り、その目を見つめた。恵子は涙目で亘を見つめ返した。そして、亘は医者に向かって頷いた。拓海は父の視線を追って医者の方を見た。医者はベッドサイドの機器に手を伸ばした。モニター上の波形は既に消えて、真っ直ぐな線が何本か横に平行に走っているのが目に飛び込んできた。それが患者の死亡を意味していることは誰の目にも明らかだった。


『大変だ！　間に合わなくなっちゃう』

拓海は一刻も早く身体に戻らなければならないと悟った。医者がモニターのスイッチに指を掛けるのと同時に拓海は自分の身体に飛び込んだ。しかし、身体は一度出て行った彼を簡単には受け入れてくれなかった。

『ああっ、胸が苦しい……どうすればいいんだろう……』

拓海は宿泊学習の宿で友達に布団蒸しにされた時のような猛烈な圧迫感と戦った。まるで深海に落ちた小魚のように胸が潰れそうだった。必死にもがいてもどうにもならない。強い絶望感に襲われながらも、彼は生まれて初めて純粋に祈った。

『もう一度、生きたい！　お願いだ……生かせて！　うちに帰りたい……ママ、ママ……ママ』

しかし、苦しさに変わりなく、拓海は遅すぎたらしいと感じた。その時だった。とうとう水面を突き抜けたように、新鮮な酸素が勢いよく身体に流れ込んできた。こうして拓海の肺は呼吸を再開し、同時に心臓が鼓動を始めた。

モニターに波形が現れた。最初は不規則に、やがてリズミカルに……医者は驚いた様子でスイッチから手を離した。信じられないという表情のまま、点滴を外そうとしている看護師に向かって言った。

「そのままだ！　昇圧剤《しょうあつざい》を用意して！」

病室にいた全員が息を呑んだ。たっぷり数秒間かかって、じわじわと喜びが満ちていった。祖父が病室の壁に手を突いて呟いた。

「奇跡だ……本当に奇跡が起こった。拓海を返してくれてありがとう……ありがとう、かあさんや……」

拓海は母の手が肌に触れている安堵感の中で、休息の眠りについた。彼は夢の中へと溶け込みながら、鈴江は両親のところに帰れただろうかとぼんやり考えていた。

　拓海は驚異的なスピードで順調に回復した。13歳の誕生日は病院で迎えたが、その3日後には退院できることになった。恵子は以前よりも努力して拓海のために時間を費やすように心がけていた。しかし一方で、彼が入院中の方が仕事に出掛けやすかったのは事実で、退院したら時間のやりくりが大変だとぼやいていた。恵子は5年ほど前、薬剤師として専業主婦から社会復帰していた。近所にできたドラッグストアーが売り場のチーフとして薬剤師を募集していると知ったのがきっかけだった。実際には洗剤や紙オムツなどの日用品を売るのが仕事で、専門知識を披露する機会は殆《ほとん》どなかった。しかし、他のパートやアルバイト店員に頼られると、悪い気はしなかった。最初は子どもたちの塾など学費の足しにと思って始めた仕事だったが、今では職場における責任感の方が強くなっていた。こうして、財布もプライドもそれなりに満たされ、恵子は自分の予定を中心に置いて家事をこなすようになっていた。

　建設関係の会社に勤める亘は地方出張が多く、7月から2ヶ月ほどの予定で福岡にいる。6月の拓海の事故以来、亘は自分が家を留守にすることに不安を感じていた。「パパは居ても居なくてもおんなじだよ、こっちは大丈夫」と拓海に言われて、ホッとしたような寂しいような複雑な気分だった。亘はそんな「父の気持ち」を伝えたくて、拓海のためにノートパソコンを買い、インターネットにつなぐように手配し、最新式のプリンターも買って直ぐに使えるように配線してインストールを済ませた。仕上げに「退院おめでとう」というメッセージが最初の画面に出るようにインプットした。亘は暫くその画面を見つめていたが、「うーん……」となって全部消去し、新規に戻した。それからメモ用紙を取り出し、「拓海へ、誕生日おめでとう。パパがいない間みんなを頼みます」とボールペンで書き、ノートパソコンの上に置いて福岡に出発した。

退院の日、拓海は会計の手続きに行った母を病室で待っていた。するとドアが数センチだけ開いて片手が現れた。拓海はシャツのボタンをかけながら言った。

「今、手続きが終わったら直ぐ出ますから……あれっ、なーんだ、中山じゃん。来てくれたの……掃除の人かと思っちゃった」

そこには俊介が立っていた。

「個室なんてすごいセレブ！　うちの兄貴が盲腸で入院した時なんて4人部屋でさ、他の人の寝言がうるさくて病気になりそうだって文句言ってた……そうそう、昨日、終業式だったんだ。担任の古川先生も近いうちに須田の家にお見舞いに行くって言ってたよ。その前に須田も学校の情報を聞いておきたいかなと思ってさ……というのはどうでもいいんだけどね」

俊介は窓際の壁に寄りかかり、どんよりとした曇り空を眺めながら続けて言った。

「元気になったらさ、話を聞かせてよ」

「話って?」

「古川先生が言ってた。須田は一度死にかけたけど、奇跡的に助かったってね。その……臨死体験ってやつ」

「あぁ……」

そう返事をしながら、拓海の脳裏には真っ白な闇と桟橋の番人、そして鈴江の姿が鮮明に蘇っていた。拓海が黙り込んでしまったので、俊介は慌てて言った。

「ごめん、ごめん。話したくなければいいんだよ」

「気を悪くしたわけじゃないよ。何処までが夢で何処からがそうでないのかよく分からないんだ。あのね……」

拓海が語り始めようとした時、母が騒々《そうぞう》しく戻ってきた。

「あら、お友達が来てくれたの。えーと、ごめんなさいね、お名前はなんておっしゃるのかしら?」

「中山俊介です。須田君と同じクラスの」

「そうそう、秀才だって拓海からきいているわよ。中山君、雨が降りそうだから、うちの車に一緒に乗って行く?」

「いいえ、自転車ですから……。じゃ、失礼します」

俊介は拓海に『また今度聞かせてね』の視線を走らせ軽く手を振って部屋を出て行った。


「さあ、行きましょう。もう直ぐ宏美が帰って来る時間よ」

母に促されて立ち上がり、拓海は何気なく病室を見渡した。ドアの横の小さな洗面台の上に壁掛け鏡があった。3週間もこの部屋にいたのに今まで気付かなかったと思いながら、拓海はその前を通り過ぎた。鏡の中の彼の横顔が後ろ姿になった時、おかっぱ頭の少女が瞬間的に映っていたことに気付くはずもなかった。

時の扉

病院での母の言動から薄々感じていた。予想どおりとは言え、退院の日に自室の机の上に置かれたノートパソコンを発見して、拓海は素直な喜びで満たされた。大感動場面の母親役を務めるつもりだった恵子は、期待したほどの驚きが見られなかったことに少々不満げだった。

「どう？　気に入った？　パパが一生懸命セットアップしたのよ。ねえ、どうなの？　嬉しい？」

「うん……」

拓海は母の質問を殆《ほとん》ど聞いていなかった。「拓海へ、誕生日おめでとう……」と書かれたメモ用紙を丁寧《ていねい》にどけて、早速パソコンを立ち上げた。オープニングの短いメロディと共に、「ようこそ」が画面に現れると、自然に笑みがこみ上げた。ところが、直ぐに奇妙なことに気付いて「あれっ？」と思った。画面左上のゴミ箱のアイコンに何か捨ててあるのだ。クリックして開けてみると、画面に「退院おめでとう」の文字が躍った。拓海は暫《しばら》く無言でその文字を見つめていた。『息子が自分の手でこの器械に命を吹き込む前に、父が余計な小細工をするべきではない』と考え直して、メッセージを消す亘の姿が心に浮かんだ。「退院」の二文字を取り消したのは、息子を失いかけた辛い記憶を避けたかったからだろう。拓海は画面に向かって呟くように言った。

「帰って来たよ、ありがとう……ゴミ箱の中身を消去し忘れてたよ、パパ」

それから、後ろに立っている母にぴかぴかの笑顔を向けて続けた。

「すげぇー嬉しい！！」

8月最初の日、拓海は学校近くの公園で部活帰りの俊介と待ち合わせをしていた。久しぶりに真上から夏の太陽に炙《あぶ》られて、拓海は少し息苦しく感じた。約束の昼までにはまだ30分以上ある。そこで、公園内の池のほぼ中心にある弁天島《べんてんじま》で時間まで涼むことにした。

この池は大昔に大宮台地からの湧き水が溜まったもので、古くから灌がい用の溜池として使われてきたため、土地の人は親しみを込めて別所沼《べっしょぬま》と呼んでいる。

日差しがとても強く、親子連れや釣り人の姿もまばらだった。赤い欄干の小さな太鼓橋を渡ると弁天島には誰もいなかった。拓海は新品の自転車をベンチに寄せて置き、自分は背もたれの部分に座り、足を座面に下ろした。熱くなった地面から離れた方が涼しいだろうと考えてそうした。しかし、何本もの大木が覆いかぶさっているために蒸し暑く、気分はあまり変わらなかった。やれやれと思い、青空に突き刺さるメタセコイアのてっぺんを仰ぎ見てそのまま沼に目を落とした。すると岸近くの水面の一箇所だけが、他と異なり奇妙に反射していることに気付いた。反射というよりもその部分の水が白く光を放ち、輝いているように見えた。拓海は引き寄せられるように立ち上がった。そして、柵を乗り越えると、スニーカーが濡れるぎりぎりまで沼に近づき覗き込んだ。

水面には当然のことながら、拓海が映っていた。青白く具合の悪そうな自分の顔に向かって、なーんだ、何ともないじゃん。気のせいだったみたい……と思った、その時だった。不意に漣《さざなみ》が走り、そこに映る顔が消えた。拓海は身体が強張り、その場に釘付けになった。すると次の瞬間、水面に拓海と同じようにびっくり仰天している少女の顔が現れた。

「あーっ」

拓海は思わず声を上げた。それは、忘れるはずも無い、別れてからずっと気にかかっていた鈴江の顔に他ならなかった。

「えーっ、どうして？　えーっ、何これ！」

二人は水面を挟んでほぼ同時に意味不明の驚きの声を上げた。拓海は沼に落ちそうなほど身を乗り出して言った。

「ねえ、どうしてここにいるの？　すっ、鈴江……さん、どうやって来たの？」

鈴江はびっくり顔のまま首を横に振りながら言った。

「ううん、違う、違う。今、うちよ。お父ちゃんの仕事場。ここで遊んじゃいけないことになってるけどね。お父ちゃんはお母ちゃんと浦和停車場まで神田の伯母ちゃんを迎えに行っちゃって、ちょっとの間、お留守番なの。拓海さんこそ、どうして鏡の中にいるの？」

そう言いながら鈴江は手を伸ばした。指先が姿見に触れると、鏡面はゼラチンのように大きく揺れて、拓海の映像が歪んだ。彼女は怖くなって手を引っ込めた。拓海は手がかりを求めて鈴江の周囲に映されているものに目を凝らした。彼女の後ろに作りかけの背広が掛けられたボディや服地の束が見える。仕立て屋のようだ。いったいこれはどうしたことだろう。その時、仕事場の古い柱時計が「ボーン」と一つ鳴った。拓海はその音を聞いて反射的に尋ねた。

「あれっ、今1時なの？」

「ううん、11時半よ。確かめてみるね……」

そう言って鈴江は鏡から離れて時計の方に顔を向けようとした。その姿を最後に彼女は水面から消えた。

「待って！　行かないで……」

拓海の手は空しく宙をつかんだ。事故後、情緒不安定気味になっていた彼は、大切な風船が一瞬のうちに飛び去ってしまったような異常な寂寥《せきりょう》感に襲われた。そして、水面に向かって呼び続けた。

「鈴江、鈴、鈴、すずー」

まだ、話したいこと、知りたいことが沢山《たくさん》あるのに、自分のミスで消去してしまったようなものだ。時間なんてどうでもいいことを最初に訊《き》いてしまったために、彼女は消えた。彼女の名前を繰り返し呼ぶことで、拓海の感情の揺らぎがぐんぐん増幅していった。頭の中で後悔と落胆が渦をなし、目頭が熱くなるのを感じた。沼の景色がじんわり滲《にじ》んだ。

「拓海さん、大丈夫？」

心配そうな鈴江の声に驚き、拓海はシャツの袖で急いで涙を拭《ぬぐ》った。彼女が水面からこちらを見ている。

「あぁ、よかった！　戻ってきてくれたんだね。もうだめかと思ったよ。鈴……鈴って呼んでもいい？」

鈴江はにっこり微笑んだ。その屈託《くったく》の無い笑顔は愛らしく、拓海には美しいとさえ思えた。

「いいよ。それにしても不思議ね。さっき、鏡の前で拓海さんのこと思い出そうとしていたら、急に明るい光が湧いてきて……でも、今はどうしてそんなに悲しそうな顔をしてるの？　私、時計を見に行っただけなのに……」

そう言いながら、斜め後ろを振り向く彼女がまた消えて直ぐに再び現れた。先ほどよりも落ち着きを取り戻した拓海の頭に何かが閃《ひらめ》いた。

「そうかっ！　そうかも知れない。ねえ、鈴はそのまま鏡を見ていて……何も見えなくなっても慌てないで待ってて、よそ見をしちゃだめだよ。いいかい？」

「うん」

鈴江の返事と同時に、拓海は身体を起こして空を見上げた。はやる気持ちを抑えて、ゆっくり5秒数えてからまた水面を覗き込んで言った。

「どうだった？　ちょっとの間、消えたでしょ？」

鈴江は不安げに頷いた。

「やっぱり！」

拓海は興奮ぎみの口調になって続けた。

「何故だか分からないけど、二人が同じタイミングで鏡に映った自分を見る時だけ、話すことができるんだ。だからさ、振り向いたりすると消えちゃう。きっと、そうだよ」

「鏡を挟んでお話できるのね？　でも、今、拓海さんは鏡を見てはいないのでしょう？」

「別所沼の水面を見ているんだよ。多分、鏡じゃなくても映るものなら、ガラスとかレンズとかでも……とにかく同時ならいけそうだよ。すごいぞ！」

「その沼なら知ってる！　女子師範学校の近くでしょ？　私、先生になりたいんだ……」

彼女の言う師範学校の跡地に、現在、拓海の通う附属中学が建てられていることを彼は知らなかった。「よく分かんない」と答えようとしたとき、ポケットの携帯電話が鳴った。

「はい、もしもし」

「須田？　学校前の坂を下りたところの公園入口って約束じゃなかったっけ。今何処よ？」

いつの間にか昼になっていた。鈴江の後ろから柱時計が大儀そうに時を告げている音が聞こえてきた。拓海は不思議そうに首を傾げてこちらを見ている鈴江の目を見ながら、電話に答えた。

「ごめん。今、弁天島」

「じゃ、そっちまで行こうか？」

「いいよ！　来なくて……直ぐ行くから」

自分のぶっきらぼうな返事を俊介は変に思っただろうかと考えながら、携帯電話をポケットに戻そうとすると、鈴江が目を輝かせて言った。

「それ、何？　もしかして、ラジオとか言うもの？　あと何年かすると日本でもラジオ放送が始まるらしいって、大人たちが話しているのを聞いたことがあるわ」

「電話だよ。便利だろ？」

「えーっ、ほんと！　うちは電話無いから、お母ちゃんは2銭持って判事さんちの電話を借りに行くよ。それ、電話線はどこに隠してあるの？　そのちっちゃいのは何？」

拓海はストラップの飾りの部分を水面に向けた。透明のアクリル樹脂の中に小さな四つ葉のクローバーが埋め込んである。ごく平凡な飾りだった。

「電話線はいらないんだよ。それからこれはね、携帯ストラップって言うんだ。パパがどこかに出張した時のお土産。北海道だったかな、忘れちゃった。このクローバーはどうせ偽物だし、特に気に入ったわけじゃないけどさ、がっかりさせたくなくて使ってるんだ」

「きれい！　きらきらしてるわ」

「ねえ、友達が待っているからそろそろ行かなくちゃならないんだ。今、そっちもお昼でしょ。今夜さ、夜中の12時に鏡見るから、鈴も鏡を見て……約束しようよ。きっとだよ。じゃあね……」

拓海は立ち上がりかけて、ふと思いついた質問を付け加えた。

「今日は8月1日、水曜日だよね？」

「うん、8月1日。水曜日よ、でも……」

鈴江は何か言いたげな表情をしていた。

「もしかして、大正12年の？」

「うん……」

そう答えてから、鈴江は眉を顰《ひそ》めて続けて言った。

「本当に今夜、同じ時間に鏡を見るだけで、また会えると思う？」

「こっちは平成19年だけど……何だかうまく行きそうな気がするんだ。とにかく、試してみようよ」

鈴江が頷いたのを確かめると、拓海は柵《さく》を飛び越えて自転車を置いたベンチに戻った。橋を渡り終えてサドルに腰掛けた彼の顔は明るく清々しかった。沼を半周して島が見えなくなる辺りで振り返ると、水面は穏やかに木々を映していた。

「どうしたんだよ……また車にぶつかったかと思って、心配したんだぜ。うちは腹ペコでっせ。弁天島で何してたの？」

俊介は待ちかねた様子で、拓海が自転車を降りる前に話しかけてきた。拓海は公園の端の木陰に置かれた遊具で遊ぶ幼児たちと周囲に集う数人の母親たちをぼんやり眺めながら答えた。

「あの子に会ったんだ……」

「あの子ってだれよ?」

俊介はやれやれといった表情で肩に掛けようとしていたバッグを再びベンチに下ろしながら訊いた。

拓海は自転車を止めてベンチに座った。俊介はマクドナルドに直行したい気持ちを抑えて、その隣に座りながらもう一度訊いた。

「あの子って？」

「鈴……岩崎鈴江、今は大正12年だって言ってた……」

俊介は再びやれやれという顔つきになって笑いながら言った。

「あのねえ……頭の方は大丈夫なの？　なんかさ、言ってること、少し変だぜ。やっぱ、先に何か食べようよ」

拓海はためらいの表情を浮かべながらも、真剣な眼差しを俊介に向けて言った。

「あの、その……誰にも言わないで、秘密だよ。あのね……、その女の子はさ、あの事故の時、この世とあの世の継ぎ目で会った子なんだよ。うちらと同い年くらいの。さっき、その子が沼の水に映って……」

「……、そうか、何となく分かったよ。それって、須田が事故に遭って生死の境を彷徨っていた時のことだね。いつかも言ったけど、話してくれるなら喜んで聞くよ。できれば最初から聞かせて欲しいな」

俊介はもう笑ってはいなかった。拓海は事故直後から生還するまでの物語を淡々《たんたん》と語った。病院から彷徨い出たこと、少女との出会い、桟橋の番人の話……。今日、水面に映る鈴江に再会したところまで聞くと、俊介は身を乗り出して弁天島方向の水面を見つめた。そして、大きく息を吐き出しながら言った。

「彼女は今、大正12年の8月1日を生きているということか……なるほど、確かに誰も信じてくれないだろうな……」

「中山も？　頭が変になったと思う？」

拓海の不安そうな質問に、俊介は軽く右手を上げて言った。

「違う、違うよ。一般論さ。今聞いたこと、誰にも言わないって誓うよ。たださぁ……それにしても、なんか変な話だよね」

「えっ、どこが？」

「さっき、須田は鈴ちゃんと『また会った』と言ったでしょ……それぞれの時代、つまり平成と大正のこの世に戻った二人が、どうして再び会えるんだろう？　あの世の一歩手前でUターンする話はよくあるけど、そこで友達つくって『また会おうね』って帰ってくる奴はそうはいないぜ……どこかおかしいよ。変だと思わない？　何かが違っていたんじゃないか？」

俊介はバッグのバックルをもてあそびながら続けた。

「ねえ、須田が鈴ちゃんと話す時にさ、他の奴がいるとダメなのかな？」

「他の奴？」

すると俊介は自分の胸を指差しながら、したり顔で頷いた。

「今度、鈴に聞いてみるよ。実験してもいいかってね」

「そこんとこよろしく。ところで、もう次のデートの約束したんだ？」

「うん。今夜12時」

「シンデレラ・リバティーか……洒落《しゃれ》てるね」

「それって、意味違うよ」

「まあいいじゃん。兄貴から仕入れたんで、ちょっと使ってみたかったんだ。大学のコンパとかで真夜中すれすれに帰ってくるときにそう言うんだ。カッコイイと思わない？

そんじゃそろそろ、なんか食べに行こうよ。ここはメチャ暑いから……」

自転車のペダルに片足を乗せた時、俊介がふと振り返って拓海に言った。

「もしかすると、それが違っちゃった何かかもよ」

「えっ？」

「恋だよ、恋。LOVE」

「えっ？」

「須田が鈴ちゃんのことを話す顔を見ていてそんな気がしたんだ。生まれるはずのない恋心が時空を超えちゃったとかさ……。あー、やっぱだめか。これじゃ、女子が喜びそうなロマンティックコメディーになっちゃう。さあ、飢え死にする前に出発しまっせ」

俊介の後ろを行きながら、拓海は鈴江の笑顔を思い出していた。


その日の午後、二人は旧中山道のマクドナルドで遅い昼食をとりながら、拓海が入院中に学校で起こった出来事や新しいパソコンのことなどを話して過ごした。夕方、俊介と別れて帰宅すると、いつもは玄関まで迎えに出てくる祖父が現れなかった。拓海は少し気になったので、自分の部屋に直行する前にテレビの音が漏れてくるリビングに寄ってみた。

祖父はいつものようにソファでうたた寝をしていた。

「ただいま」

その声に驚いて、祖父は目を開くと同時に起き上がった。そして、萎びた顔が更にしわくちゃになるほど嬉しそうな笑みを浮かべて言った。

「おぉ、お帰り」

祖母が亡くなり祖父が一緒に暮らすようになった頃から、拓海は自分から家族に挨拶《あいさつ》を言わなくなっていた。特別な理由があったわけではない。ただ挨拶をしないことが日常になっていた。いつも留守番をしている祖父は、他にこれといった役目がなかった。そんな負い目があるため、孫に挨拶をしなさいとは言えずにいた。したがって、久しぶりに自分に向けて発せられた「ただいま」の一言は、祖父にとって重大な意味のある出来事だった。

拓海はそのままリビングから出て行きかけて、ふと足を止めると思い出したように聞いた。

「ねえ、大正時代って何年続いたのかな?」

祖父は改めて驚いた。拓海が挨拶以外にも話しかけてきたのだ。この数年間で一度だけ、パソコンを買って欲しいと直訴された時以来、久々のことだ。普通なら何故そんな

ことが知りたいのかと聞きたくなるところだが、祖父はこの会話の糸が切れないように
と願いながら、生真面目に答えた。
「15年だと思うよ。ただし、大正15年の12月25日から31日は昭和元年だ。つまり、昭和
元年は暮れも押し迫ってからの数日しかなかった。翌年の正月に生まれた私は昭和２年
生まれということになったのだと親から聞かされたもんさ」
「ふぅん、そうなんだ」
「大正、昭和か……懐かしいなあ……」
「そんなにいい時代だったの？」
「とんでもない！　その反対だよ。今思えば、あの頃、世の中はどんどん暗い方向へと
進んでいた。私が小さい頃は大森に住んでおってな、毎日のように海岸で遊んだもんさ。
楽しかったよ。だが、拓海の年頃には軍隊に入ることしか考えてなかったなぁ……」
「みんなそうだった？」
「みんなとは言えないが、東京に住む中学生の多くがそう考えていた。そう考えるよう
に教育され、仕向けられていたからね。お国のために命を捧げると言えば聞こえはいい。
でもな、それは戦争に行って殺し合いをする事だと、子どもでも知っていたよ。それが

美しいと言えるかね？　今思えば、あの時代、国は舵《かじ》取りを間違えてしまったのだろう。そう、間違いだった……。本当の事を知らない私らは、格好いい海軍に憧れてなぁ……日本の海軍には山本《やまもと》五十六《いそろく》という有名な司令官がいた。後で知ったんだが、この人はなぁ、米英との長期戦に日本が勝てるわけがないと知っていたので、本心では戦争に反対だったそうだ。私は、今でもこの人を尊敬しているよ」

「それで、海軍に入ったの？」

「そうだ」

「戦争に行った？」

拓海は話の流れでなんとなく聞いた。すると今まで懐かしそうに微笑んでいた祖父の表情が曇った。そして、テレビ画面の遥か先を見るような眼差しになって独り言のように答えた。

「あぁ、行った……行ったよ」

テレビの夕方のニュースでは、自衛隊が海上でアメリカ軍の支援をしている場面が映し出されていた。

玄関の開く音がして、会話が途切れた。母が賑やかに帰宅したのだ。

「ただいまー。暑い、暑い！　今日は父《とう》さんの好きな冷麦にしようと思ってね。宏美と私はそうめんの方が好きなんだけど……。たまには親孝行！　でも暑くて天ぷら揚げたくないから、できたの買って来ちゃった。ダンナが戻ってくるまではバッチリ手抜きしまーす」

そう言いながら、がさがさと両手に袋を提げた恵子がリビングに現れた。

「あら、帰ってたの。今日、おじいちゃんの好きな冷麦にするからね。拓海は冷麦とそうめんのどっちが好きなんだっけ？」

「べつに、どっちでもいいよ」

そう言って拓海は部屋を出た。彼は小さい頃から冷麦の方が好きだった。

自分の部屋に入ると、拓海は直ぐにパソコンの前に座った。さっきから気になっていることがあった。インターネット画面を立ち上げて、「大正12年のカレンダー」と打ち込んだ。直ぐに目的のカレンダーが現れた。確かに8月1日は水曜日だった。

「本当だ。本当に全部……同じだ！」

そのカレンダーは拓海の机の上の2007年8月のカレンダーと全く同じ曜日の並びだった。9月も調べてみた。間違いなく一致することを確かめて、妙に納得したような気分になった。

「へぇー、そうなんだ」

彼はひとり呟いた。


その夜、拓海は10時には2階に上がった。自室のクロゼットを開き、扉の内側に付いている鏡をティッシュで丁寧に拭いた。しかし、11時を過ぎた頃から、本当にもう一度、鈴江に会えるかどうか心配になってきた。別所沼の出来事は妄想《もうそう》だったのではないだろうか。成功しなかった場合にはどうするか、次の手はずを決めずに別れてしまったことを後悔した。

他のことが何も手に付かないので、拓海はそのまま鏡の前で待つことにした。時刻は11時45分。あと15分か……長い15分間だなと考えながら、拓海は鏡を見ながら自分の前髪をなんとなくいじくっていた。しかし、その手は直ぐにぴたっと止まった。突然、鏡が真っ暗になったのだ。

それは拓海が全く予想しなかった事態だった。どうしたんだろう？　思考が停止し、彼はじっとしているだけだった。漆黒《しっこく》の鏡の中から微かな息遣いが聞こえる。ホラー映画の導入部で、化け物が最初の犠牲者めがけて飛び出して来る場面に漂う空気だ。やがて鏡の向こうから何かが近づいて来る気配を感じ、拓海は更に凍りついた。すると鏡面がコップの水をふっと吹いた時のように、小刻みに振動を始めた。そして、その何かはもっと近づいて来た。

襲われる恐怖感でいっぱいになってしまった拓海は、鏡から目を逸らさずにクロゼットの扉を閉めようとした。しかし、緊張のためか手がうまく動いてくれない。やっと扉の端に指がかかった時、拓海は闇の中で光る二つの物体を見つけた。目だ！　その次は鋭い牙だろうか？　彼は直ぐに扉を閉じることができるように身構えた。すると不思議な輪郭が浮かび上がってきた。それは、何とあのおかっぱ頭だった。テーラー岩崎の仕事場の時計が鳴り出した。12時だ。鏡の直ぐ前までやって来た鈴江の顔が、白く浮かび上がった。初めて出会った時のような怯えた顔だった。

「拓海さん？　よく見えないけど……本当に拓海さん……ですよね？」

拓海はスタンドの明かりを斜め後ろから受けているため、自分がシルエットになっていることに気付いた。手を伸ばして天井の照明スイッチを入れると部屋全体が明るくなり、鈴江の表情が和らいだ。

「怖がらせちゃってごめん。でも、そっちこそ真っ暗だから、心配したよ」

拓海は自分も心臓が止まるほど怖くて恐ろしかったとは言わなかった。

「部屋にはお母ちゃんの手鏡しかないし、だいいち隣の布団にお母ちゃんとお父ちゃんが寝てるからお話しできないでしょ……だから仕事場の鏡を見に来たの。約束の時間より少し早かったから暫《しばら》く待っていたのだけど、真っ暗で足がすくんじゃった。おっかなくてちょっと離れて覗き込んでいたら急に鏡が明るくなって、ぶるぶるし出して、人影でしょ……。ものすごく怖かったよ」

「そうか……、さっき別所沼ではとっさに夜の12時なんて言っちゃったけど、今度から昼間にしようね」

拓海はそう答えながら、鈴江が真夜中に寝床を抜け出す場面を想像し、彼女にすまなかったという思いが頭をよぎった。

「うん」

鈴江の顔に笑みが戻った。

「朝早くとかなら9月になってからも会えるだろうし、そうしようよ。鈴の学校も9月から二学期？」

「うん。でも9月1日は土曜日だから始業式の次の日は日曜日でまたお休みよ」

そう言って、鈴江はくすっと笑った。

「鈴のお父さんとお母さんが起きるのは、朝何時ごろ？」

「だいたい6時ごろ」

「それじゃあ、5時30分にしよう。もし、10分間待っても会えなかったら、次の日の同じ時間にっていうことでいいよね」

「うん」

拓海は会えなかった場合の段取りを、今度は先に決めてホッとしながら続けた。

「こっちは今、自分の部屋だから構わないけど、鈴はもう寝た方がいいよ」

「わかった」

鈴江はそう答えてから、言葉を選んでいるような表情で言った。

「あのね、拓海さんはどうして自分の気持ちをあまり言わないの？　何を考えているのかよく分からないよ。それに、私は自分のこと『私』って呼ぶでしょ。拓海さんは、はっきり言わないよね。『うち』とか『こっち』とか言うけど、『僕』とか『俺』って言わないのはなぜ？」

拓海は戸惑った。自分の頭に浮かんだ事柄を態々《わざわざ》言葉で表現するなんて、今まで意識したことも無かった。確かに鈴江の言うとおりだった。何かが心にちくりとくるのを感じながら言った。

「どうかな……べつに理由はないと思うけど……。とにかく、早く布団に戻った方がいいよ」

「うん。じゃあね」

鈴江は鏡に向かったまま、後ろに数歩下がってから、恥ずかしそうに小さく手を振った。拓海が手合図を返すと、彼女は嬉しそうに踵《きびす》を返し、視界から消えた。

特別な8月

拓海はベッドに仰向けに寝転び、先ほど鈴江から投げかけられた素朴な疑問をぼんやり思い返していた。考えてみれば、それは自分だけではない。学校でも大勢と異なる発言をしない事と一人称を避けてぼやかす事はルールのように定着している。「出る杭《くい》は打たれる」ので、流れに逆らわず安全に楽しく生きるための術だろうか？　拓海は桟橋の老番人と出会った時に鈴江が躊躇無く自分の考えを明言していたことを思い出した。きっと彼女は現代社会を生きる難しさを知らないから、あんなふうに御立派な意見を言えるのだと思って納得することにした。

『いやいや、そうじゃないだろう。本当は彼女のように自己表現できなかったことのもっともらしい理由を見つけたいだけさ』

という心の囁《ささや》きを聞きながら、拓海は寝入ってしまった。

階下から聞こえてくる朝の生活音で目を覚ました。ＮＨＫニュースと食器の触れ合う音、母の声と姉の足音、玄関のドアが開いてまた引き返す足音……。姉が母に頼まれて朝刊を取りに行ったのだろう。朝刊を取りに……えーっ！　大変だ！　拓海は跳ね起きた。時計の針は7時を指していた。ベッドから飛び降りてクロゼットの扉を開けた。内側の鏡に鈴江の姿は無かった。

5分間ほど鏡の前で待ってみたが、何も起こらなかった。なんてドジなんだ。自分で決めたのに寝過ごすなんて最低だ。約束の時間に鈴江はずっと待っていただろうか？　階段を下りながら、拓海の頭の中はそのことでいっぱいになっていた。ダイニングキッチンの横を通り過ぎようとした時、背中を向けたままの母が声を掛けた。

「8時前に自分から起きるなんて、珍しいわね。顔洗ったら、朝ごはん直ぐ食べる？」

「……うん」

拓海は母の質問を聞いていなかったが、曖昧《あいまい》に返答しながら洗面所に入った。蛇口をひねると、腹立ち紛れに顔に水を叩きつけた。姉に同じタオルを使わないように言われていたが、拓海はいつものようにタオル掛けから宏美のタオルを抜き取り裏返して顔を拭いた。突然、彼の手が止まり、タオルが床に落ちた。洗面台の鏡の向こうにくすくす笑いをしている鈴江がいた。

「寝坊したでしょ、拓海さん」

「あれっ、さっきはいなかったよね」

「本当はね、私、寝坊しちゃった。昨夜遅かったでしょ、目が覚めたら6時過ぎだったの。でも、もしかしてと思って、時々お母ちゃんの手鏡を覗いていたの。そしたらね、ほらっ、眠そうな拓海さんの登場！」

「なーんだ、そうだったの。明日からは頑張って早起きするよ」

そして、拓海は不思議なくらい自然に謝罪の言葉を続けた。

「ホントに、ごめんね」

鈴江はにっこり頷くと、何かを思いついたように瞳を輝かせて言った。

「そうだ！　未来のこと、いっぱい教えてね。ほら、あの手品みたいな電話とか……」

「いいさ、ケータイの他にもテレビやパソコン、それから電子レンジ、これはね、便利と言うより無いと困る……」

鈴江は目をくるくるさせて言った。

「あっ、それから、えーと大正の次はヘイセイだっけ？」

「違うよ、平成の前に昭和時代があるんだ。大正時代は15年で終わったんだってさ。その後は昭和時代が60年以上続いて、それから平成になった」

拓海はどんな漢字を書くか示そうと、鏡に指を走らせようとした。鏡面に触れた瞬間、ビリッと強い静電気が起こったような痛みを感じ、慌てて手を引っ込めた。代わりに空中に昭和と平成の文字を書いた。鈴江は頷きながら言った。

「ふーん、天皇陛下は15年で御隠れになって……次は昭和ね。すごーい！　私、予言者みたい。みんなに教えてあげたら、きっとびっくりするわ！」

その言葉を聞いて、拓海の心を一抹の不安がよぎった。年号が変わることの意味がとても重大な事のように思えた。暫くは黙っていた方がいいと言おうとした時、姉の声が割り込むと同時に鈴江は消えた。

鏡には拓海とコップを片手に立っている宏美のおっかない顔が映っていた。彼女は冷蔵庫の飲み物を取りに行こうと洗面所のわきを通りかかり、拓海の足元に落ちている自分のタオルを発見したのだった。

「あたしのタオル使わないでって言ったじゃない！　もーっ、汚い！　不潔！　ちゃんと拾って洗濯機に入れといてよね。それから、今みたいに鏡に向かってぶつぶつしゃべるの、キモイよ」

宏美は拓海の返事を待たずにキッチンカウンターにコップを置くと、冷蔵庫を開けた。拓海は鏡に向き直ったが、鈴江は消えたままだった。『また明日ね』と心に念じながら、床のタオルを拾って洗濯機に投げ込んだ。『第三者が介入するとアクセスが遮断されるらしい。俊介が鈴江に会いたいと言っていたが、無理かも……』と思った。

拓海はトイレに寄ってから食卓の自分の席に向かった。母は時間を気にしながら、トーストをかじっていた。リビングでテレビをつけたまま新聞を読んでいた祖父が声を掛けてきた。

「拓海、おはよう」

「あ、うん、おはよう」

拓海の思考は祖父のおかげで現実世界に戻った。姉は牛乳パックを冷蔵庫に戻した後もカウンターに寄りかかって、何か真剣にしゃべり続けていた。母と口論になりかけているらしい。

「……なの。有名大学を出て一流企業に就職することがトレンドだったのはパパやママの時代のこと。これからは、伝統の特殊技能を身につけた者が生き残れるのよ。ガラス工芸、漆塗りや蒔絵《まきえ》、織物や染物……みんな若い伝承者を待っているの。どの仕事も織細な職人の技を極めるには、高卒だって遅いくらいだわ。だから、大学へは行かないことにする！」

恵子は何も聞かなかったかのように、トーストの最後のひとかけらを口に運んだ。しかし、その手が途中で一瞬止まったことには誰も気づかなかった。実のところ、娘から突然の進学拒否宣言を突きつけられて、彼女は困惑し動揺していた。親として強く反対すれば、火に油を注ぐことは明らかだ。宏美は意地でも行きたい方へと突き進んでしまうだろう。手遅れにならないうちに受験モードを定着させるためには、慎重に対処しなければならない……頭の中は模範解答を求めて目まぐるしく回転していたが、恵子は黙ったままコーヒーを一口飲んだ。

宏美は母の反応が予想外に静かなので拍子抜けしたような表情のまま席に戻ってきた。拓海はオーブントースターにパンを入れながら母に言った。

「珍しく無口じゃん？」

もともと気の長い方ではない恵子の表情が急に険しくなった。皿の上のレタスを突くと、それが合図であったかのように、正解が見つからないまま早口に喋り出した。

「冗談じゃないわよ、まったく……『私、妊娠しました』って言われたのと同じくらいびっくりしているところですっ！　せっかく県立トップの女子高に入れたのに、なに寝ぼけてるのよ。日本の伝統を継承する試みは結構ですけどね、そんなんで食べていかれると思っているの？　世の中は宏美が考えているほど甘くないよ。パパは建築士、ママは薬剤師の資格があるからこそ、今の生活ができていることぐらい分かるでしょ！　まったく、勝手なことばかり言って……。時代がどんなに変わっても資格は無いよりあった方が良いに決まってるじゃないの、え、どうなのよ！」

恵子は自分が発した言葉に刺激されて、感情が急激に膨張するのを感じた。きっかけを作ってしまった拓海の頭の中では、母の苛々が臨界に近いことを知らせる警報が鳴りだした。同様に爆発の危険を察知した祖父は、大きく息を吸い込むとリビングから三人に向かって声を掛けた。

「私は宏美と拓海に医者になって欲しいなあ。ママは成績優秀だったのにお金が足りなくて医学部に行かせてやれなかったのが残念なんだよ。今なら本太の土地を処分して……」

恵子は勢いをそがれて、仕方なくコーヒーをすすった。『足りなかったのはお金じゃなくて私の得点だったのに……』と思うと、コーヒーが苦かった。宏美は視線を皿に落としたまま、ミニトマトを口に入れた。その時、拓海の記憶の中で鈴江の声が言った。

『女子師範学校の近くでしょ？　私、先生になりたいんだ……』

「師範学校に行って先生になりたい」

拓海がぽつりと声に出して言うと、宏美の口からミニトマトの汁が飛び出した。恵子は目を丸くして息を止め、祖父は新聞から顔を上げて拓海を見た。不思議な沈黙の後、宏美がそっけなく言った。

「なんか、今、師範学校とか言った？」

リビングから祖父が答えた。

「戦前は教師になるには師範学校で勉強をしたんだよ。それにしても、そんな古い言葉、よく知っていたもんだな。拓海が学校の先生になりたいとは知らなかったが、それもいいじゃないか」

するとと落ち着きを取り戻した恵子が言った。

「ホントに初耳だわ。まあ教員免許を持っていると就職の時に少しは有利かもね。でも、おじいちゃんが言うように医者もいいじゃない？　宏美は医者になってからでも日本の伝統を勉強できるよ。ほら、免疫学で有名な東大の多田富雄先生は能の研究者としても世界的に知られているわよ」

それから彼女は、無関心な顔でトーストにマーガリンを塗っている拓海の方に目を移して続けた。

「拓海も、一学期の成績はまあまあ良かったよね。事故の時は心配したけど、もう大丈夫。お姉ちゃんは国立の医学部が狙えるだろうから、拓海も頑張って浦高に進学すれば……医学部だって夢じゃないわ。無理だったら、歯学部でもいいわよ。それもダメなら薬学部があるよ。おじいちゃんも言っていたように、学費は何とかなるからさ」

こうして母はいつもの「理想的進路」をさえずり始め、暴発の危機は回避された。宏美はこの成り行きが不満だったが、黙っていた。実は何の職人になりたいと言おうか、まだ考えていなかった。母は常に自分の青写真の通りに事を進めようとする。それが愛情だと信じている。そうではないことを彼女に理解してもらうのは不可能だと、宏美は感じていた。それは「家族の幸せ」ではなく、「ママの幸せ」だと心が叫びを上げていた。高校受験までは母が喜んでくれるのが嬉しくて、学校でも塾でも一生懸命に頑張った。一流高校への入学を果たし、次の大学受験という本物の岐路が見えてきた。今になって、宏美は自我の軟弱さに気付き悩んでいた。とりあえず、今度こそ自分の頭で考えてみたかった。母の敷いたレールの上をひた走る「いい子」の役が嫌いになったと宣言したかった。ほんの一時でも重荷を放り出して休みたかった。しかし、そう素直に訴えたところで、母の反応は今と全く同じだろうと予測はついていた。

拓海は「出来のいい姉」のおかげで、「まあまあの弟」役を演じるのが気に入っていた。幼い頃はことある毎に姉と比較され、「お前も頑張れ」と激励されるのが嫌で、一人隠れて遊んでいた。母は成績優秀でキラリと光る姉の方に見所があると判断し、「親心」はいつもそちらに注がれているように見えた。

拓海は姉とは違い、ごく普通の子だった。彼はオーラを放つ姉の存在が疎《うと》ましく憎らしい日々を成長してきた。それでも、自分なりに頑張った時は注目して欲しいと素直に思ったものだった。拓海には母から褒められた記憶があまり無い。しかし、それが母の生き方なのであって、彼が愛されていない訳ではないと分かっていた。あの事故の時にも、自分の身体にしがみ付いて必死に名前を叫ぶ姿を上から見て、心から母を安心させてあげたいと願った。そして最近は皮肉なことに、姉の立場にいるのが自分でなくて良かったと思うことの方が多くなった。先ほどの母と姉の会話を聞きながら、今までの自分なら「いい気味だ」と感じるところだが、今朝はなんだか姉が可哀そうだった。

恵子は仕事の時間に遅れそうだとブツブツ言いながら出かけて行った。宏美は朝食を終えると無言で立ち上がった。流しの中に無雑作に放置された母の皿の上に自分の皿を載せてそのまま行きかけたが、ため息をつくと流しに戻った。彼女はスポンジを手に取り、洗剤のボトルを持とうとして、誤って落としてしまった。ボトルは流しの中の食器にぶつかり、ガシャンと大きな音をたてた。拓海はその音に驚いて姉の背中に向かって言った。

「割れた？」

「大丈夫」

宏美は背を向けたまま短く答えた。泣き顔を弟に見られたくなかった。

翌朝から、30分間のデートのために早起きすることが拓海の日課になった。午前5時30分にクロゼットを開けて鏡を見ると、同時に鈴江の笑顔が現れた。彼女は手鏡を使うことが多かったが、仕事場の大きな鏡のこともあった。美しく澄んだ目をくりくりさせて、彼女は楽しそうに日常を語った。

「私は覚えてないけど、浦和に来る前、お父ちゃんの仕立て屋は神田の駿河台下にあって、私たちはそこに住んでいたの。お母ちゃんの実家が同じ町内の御煎餅屋《おせんべいや》でね……今は伯母ちゃんがお店をやっていて、安くて美味しいから学生さんたちがひいきにしてくれてるのよ。私、伯母ちゃんが大好きなんだ。この前も焼きたての御煎餅をお土産に持って来てくれてね……拓海さんは御煎餅って知ってる?」

「知ってるさ、今でも煎餅はあるよ。でも、あんまり食べないね。どっちかと言うとポテチみたいなスナックが多いかな」

「ふーん、ぽち? 犬の名前みたい」

「犬じゃないよ、ポテトチップ。ジャガイモを薄く切ってパリッと揚げて塩を振った甘くないお菓子」

「へぇー、食べてみたいな。あぁ、そうそう、それでね……いつも夏休みに伯母ちゃんのところにお手伝いに行くと、食堂に連れてってくれて、カレーライスをご馳走してくれるの! その食堂の場所が須田町なのよ。拓海さんの苗字と同じでしょ、ね。お母ちゃんはカレーライスに10銭も払うのは贅沢《ぜいたく》だって言うけど、私は伯母ちゃんと食堂に行ってカレーライスを注文することを考えただけで　嬉しくなるの……楽しみだなぁ」

「それで、この夏休みも神田に行くの？」

拓海は鈴江と会えない日があるのかを確かめたくて尋ねた。彼女は口を僅かに尖らせて不満そうな表情をして見せてから答えた。

「うぅん、6月末に大病をしたでしょ。私、もうすっかり元気なのに、夏休みは家でおとなしくしているように言われているの。だから、この前は伯母ちゃんの方が見舞いに来てくれたのよ。本当はね、お母ちゃんが仕立ての仕事を手伝うのに忙しくて、私を神田まで連れて行かれないんだって、伯母ちゃんが言ってた。それでね、約束したの。8月中に十分元気回復したら、9月1日には一人で伯母ちゃんの所に遊びに行くって。始業式の後に出かけても、お昼には上野駅に着くでしょ」

「一人で大丈夫なの？」

「平気よ、来年からは女学校だもの。それに、伯母ちゃんが駅まで来てくれるって言ってたし……上野から湯島の天神さんを通って、眺めのいい御茶ノ水の橋を渡るとニコライ堂が見えるの。本屋さんがたくさんある方に向かって坂を下れば駿河台下、大した距離じゃないわ。一晩泊まって、日曜日には帰って来るからね……カレーライスを食べて」

鈴江はおどけて舌を出して見せた。拓海はそのしぐさを何と可愛らしいのだろうと感じた。突然、鏡面が微かに振動すると、鈴江の顔に被さるように拓海の顔が映った。本来の鏡像は一秒後には消えて、再び鈴江の顔に戻った。

「あれっ、拓海さん？　今、ちょっとの間、普通の鏡になりそうじゃなかった？」

鈴江の方でも同じことが起こったらしい。表情が少し不安そうに変わっている。

「うん、こっちも……でも、ほんの一瞬だけだったね。きっと混線したんだよ」

そう言いながら、そんなことは起こるはずが無いと拓海は思った。


「そうか……姉さんが鏡に映っただけで消えちゃったとなると、鈴ちゃんと交信できるのは、やっぱ須田だけなのか……残念だなぁ」

2週間ほど過ぎて、拓海からあの朝の出来事を聞いた俊介が、ため息混じりにそう言った。二人が座っている別所沼のいつものベンチの背に、気の早い赤とんぼがとまった。学校の方から吹奏楽部の練習の音が風に乗って聞こえてくる。拓海は持っていたコンビニの袋からおにぎりを一個出し、俊介に手渡しながら言った。

「銀鮭でいい？」

俊介は袋を覗き込んで言った。

「もう1つは何？」

「赤飯」

「そっちがいいな」

「いいよ」

拓海はおにぎりを取り替えてスポーツドリンクを渡すと、続けて言った。

「ちょっと気になっているんだけど……鈴と話してる時、たまに途切れちゃうんだ」

「途切れるって？　話題が見つからなくてモジモジするとか？　あぁ、ごめん、冗談だよ。それにしてもあの酷い音、どうにかならないのかな。9月1日の演奏会に間に合うのか、関係なくても心配しちゃうよな」

俊介は学校の方角を視線で示すと大げさに首を横に振った。拓海は飛び去って行く赤とんぼを何気なく目で追いかけた。鈴江との会話の途中で交信が一過性に途絶える現象は、徐々に頻度を増しつつあった。毎朝、鏡を覗き込んで鈴江と話すのが待ち遠しいと思う一方で、彼は彼女と会うことを心の何処かで重たいと感じるようになっていた。あと何回、会えるだろうかと考える度に息が苦しいような重圧感に襲われた。この矛盾に満ちた感情の混沌《こんとん》を上手《うま》く表現できないもどかしさを覚えながら、拓海は言った。

「あと少しで夏休みも終わりか……なんかさぁ、鏡を通して鈴に会うのも夏と一緒に終わりになっちゃうような気がするんだ」

赤飯のおにぎりを一口かじってから、俊介が真面目な顔になって言った。

「信じないわけじゃないけどさ……鈴ちゃんのことは初めから全て須田の幻想だって言われてもおかしくないよね。もし本当に臨死体験が原因で時代の違う魂と霊媒師みたいに交信できたとしても、それは偶発的かつ一時的なものと考えるのが普通じゃないか？みんながそんなことできちゃったら、この世の中、話がややこしくなってしょうがないよ」

拓海は俊介の冷静な意見に失望しながらも、彼の言う通りかも知れないと思った。

夏休みの終わりが近づくにつれ、拓海は鈴江との大切な時間のちりばめられた「特別な8月」の証が欲しいと思い始めた。その気持ちは次第に強くなっていた。しかし、何かを求めながらの短い会話は、拓海の心に焦りにも似た切なさを注ぎ込むばかりだった。彼は鈴江の瞳を見つめながら言った。

「ねえ、ところでさ、鈴の家は浦和のどこら辺？　別所沼を知ってるって言ってたけど、近くなの？」

「中山道の玉蔵院を知っているかしら……近くに昔からずっと続いている本屋さんがあってね、うちはその真ん中あたりの路地を入ったところよ」

「へぇー、その辺ならよく知ってる。おじいちゃんが清水屋横丁とか呼んでる道だと思うよ。でも、岩崎って言う仕立て屋さんは聞いたことない……」

拓海はそう言い掛けて唐突に言葉を切った。鈴江の家が今は無いと軽く言われたら、彼女はどんな気持ちになるだろうと思ったからだった。彼は取り繕うように続けた。

「なんか不思議だよね。こっちもさ、その本屋には中山俊介っていう友達とよく行くんだ」

「ねえ、おじいちゃんがいるの？　いいな……いろんなお話が聞けるでしょ？　うちはお父ちゃんとお母ちゃんと私の3人だけだから、ちょっと寂しい。神田のおじいちゃんとおばあちゃんはもう死んじゃったし、お父ちゃんの田舎の信州におばあちゃんがいるけど、会った事が無いのよ。拓海さん、羨《うらや》ましいな」

「そうかなぁ、うちのおじいちゃんはもう80過ぎでさ、うざい……えーと、つまり一緒にいても全然話が合わないし、つまんないだけだよ」

「えーっ、そうかしら。私は昔の事を聞いて想像するのが好きだな。拓海さんのおじいちゃんだって最初からお年寄りだったわけじゃないでしょ。子どもの頃や若い頃があったはずよ」

「まあね。そう言えば、若い頃、戦争に行ったんだって」

「戦争？」

「うん、昭和の時代に日本はアメリカやイギリスと戦争をしたんだ」

「ふーん、それで勝った？　明治の頃に清国や露西亜《ロシア》に勝ったみたいに……えっ、負けちゃったの？」

鈴江は拓海が首を横に振ったので驚いて言葉を切った。拓海はつまらない話になって失敗したと感じたが、鈴江の真剣な表情になにがしかの満足を覚えて解説を試みた。

「日本は3年以上もの間、アメリカやイギリスと戦争したんだって。その前の中国との戦争も入れるともっと長いかも知れない。最初は調子よかったらしいけど、だんだんいろんな物、例えば鉄や石油や食べ物とか全ての物が足りなくなって、昭和20年の8月15日に日本が降伏して終わったんだ。最後の頃はあちこちの街に敵の飛行機が飛んできては爆弾をばら撒いて、広島や長崎には原子爆弾っていう恐ろしい爆弾が投下されたりして、日本はぼろぼろになった。兵隊だけじゃない、普通の人もすごくたくさん死んだ……やっぱ、あんまり上手く説明できないや。今度、おじいちゃんに聞いておくよ」

鈴江はかみ締めるように言った。

「昭和20年の夏には悲しい日があるのね。覚えておくわ。なんだか別の世界のお話みたい……それで、日本の国は無くなっちゃったの？　アメリカやイギリスの領土になっちゃったの？」

「大丈夫、復活したよ。この頃は豊かになり過ぎて、いろいろ困ったことも起きているけどね……って大人は言ってる」

鈴江は拓海から聞いた未来の話を誰かに言いたくて仕方なかった。そうだ！　仲良しの絹代《きぬよ》なら信じてくれるかも知れない。下駄を突っ掛けると300メートルほど離れた調《つきのみや》神社裏にある絹代の家まで走った。

「絹ちゃん！　絹ちゃーん、いる？」

暫くして、絹代の父が窓から顔を出した。仕事は大工と聞いていたが、鈴江は彼が働いている姿を見たことが無かった。

「おぉ、絹は母さんの実家に母さんと弟と一緒に行っとるよ。なんか用かい？」

「ううん、明日帰ってくる？」

「さあな……網代の漁師の家だから、今は温泉客相手に日銭の入る干物作りに忙しい時だ……夏いっぱいはあっちだろうよ」

何となくさっぱりしない返事だった。鈴江は絹代の父の後ろに襦袢《じゅばん》姿の知らない女の人がいるのに気付いた。それと同時に「さっさと消えろ」の囁きが頭の中に湧き起こった。鈴江はバネ仕掛けの人形のように、ぎこちなくその場を離れた。

ぶらぶらと家に戻ると母がお膳に朝食を並べているところだった。誰かに話したいという鈴江の衝動は、絹代の不在により更に膨らんでいた。彼女は母の腕に飛びついて言った。

「ねえ、お母ちゃん、聞いて聞いて」

「なんだい、藪《やぶ》から棒に……お箸を転がしちまったじゃないか。さっさと手伝っとくれ」

「ねえ、聞いてよ。凄《すご》いこと教えてあげる。あのね、大正は15年で終わって、その後は昭和で、その後は平成で……電話には電話線が無くて、それが自分のポケットに入っちゃうくらいちっちゃくて……ねっ、凄いでしょ！」

忙しく動いていた民子の手がぴたりと止まった。娘を見つめる彼女の表情は興味を示すどころか、戸惑いと不安に満ちていた。鈴江はつまらない話で手を止めさせたために、母が怒り出すものと勘違いして早口に続けた。

「それからね、まだあるのよ！　昭和の時代に日本はイギリスと、あっ、アメリカだったかな……とにかく西洋の国々と戦争して負けちゃうの。でもね、安心して……お国は無くならずに済むのよ……」

民子の目は、鈴江の後ろで立ち止まっていた善三に向けられた。彼は顔を拭いていた手拭《てぬぐい》を呆然《ぼうぜん》と握り締めていた。そして、その場に座ると鈴江を自分の方に向かせて言った。

「鈴や、お父ちゃんの目を見て聞いておくれ。作り話は嘘の始まり、嘘は泥棒の始まりだよ。わかるだろう?」

「作り話じゃないよ、嘘じゃないわ！　拓海さんが未来の事を色々教えてくれたんだもの」

「拓海？　聞かない名前だけど、新しい友達かい？」

「うん」

「何処の家の子かい？」

「あのぅ……鏡の中」

「……」

気まずい沈黙の後に民子が言った。

「そういえば、この頃、朝早くに私の手鏡を持ち出していたね……なんてこった。呪いとか神がかりの話は御免だよ。もう、いいかげんにしておくれ！」

民子が鈴江を叱りだす前に、善三が鈴江に向かって重々しい声で言った。

「わかったよ。この話を誰かにしたかい？」

鈴江は首を横に振った。

「よし。ではこの先、絶対に誰にも言わないと約束しておくれ。そうでないと、お父ちゃんもお母ちゃんも大変な事になってしまうかも知れないんだよ。いいね、絶対にだよ」

何故と尋ねたい気持ちを抑えて、鈴江は小さく頷いた。彼女は両親に話したことを後悔した。その日、三人は無言で朝食を済ませた。

食後、鈴江が庭の朝顔に水をやっている時、両親のひそひそ話し合う声が聞こえた。

「肺炎で死に掛けた時に狐がとりついちまったにちがいありませんよ……御祓《おはら》いをしてもらわなくちゃ……ご近所に知れたら大変ですからね」

「それより、この辺りは御役人が多いんだ。鈴が大正の御世があと3年、つまり天皇陛下の御命があと3年だなんて外でしゃべってみろ、翌日には我ら二人とも間違いなくお縄を頂戴《ちょうだい》するだろうよ」

夫婦は庭の鈴江に目を向けた。その愛らしいしぐさを眺めているうちに、心に渦巻いていた恐怖が徐々に静まってきた。大切な娘の身を案ずる前に、世間体や我が身のことを先に考えてしまったことを後ろめたく感じた。人間は不意打ちを喰らうと意外な本性が顔を出すものらしい。

ふと思い当たったように、民子の眉《まゆ》が少し上がった。彼女は台布巾《だいふきん》の上に片手をのせ、お膳の向かいに座っている善三の方へ少し身を乗り出すようにして話し出した。

「もしかすると、鈴はあの時たまたま未来の夢を見ただけかも知れませんよ。考えてみれば、一度死にかけた人がこれから起こることを予言したっていう話は、ちらほら聞きますよね。今思い出したんだけど、神田の実家の近くに、うどん屋を始めた若夫婦がいたでしょ？」

「あぁ、名古屋弁の……覚えているよ。平打ちのうどんは味がよかったし、店は結構繁盛してたなぁ。政府の偉い御役人が食べに来るって評判だった」

「あのおかみさんがね、未来が見えることがあるんだって……なんでも子どもの頃に川で溺《おぼ》れかけたことがあるとかで……ほら、伊藤博文《いとうひろぶみ》が撃たれたとき……」

「あー、はっきり覚えているとも。もう10年以上も前の事だが、あの時のことは覚えているよ。おかみさんは事件が起こる何日か前に、伊藤博文が倒れる姿を見たと……南満州鉄道のどっかの駅だとか……常連客の何人かに話していた。そこで、客たちはおかみさんに言った。伊藤博文は朝鮮を治めるために出かけたんで、行った先は満州じゃないよってね。大方、他の客の話を中途半端に小耳に挟んで夢でも見たんだろうとね。ところがだ……伊藤博文は暗殺された……それも満州のハルビン駅で……。おかみさんの予言した通りだった。あの時は背中がぞくっとしたもんだ……」

民子が頷くと、善三は半信半疑ながらも納得したような表情になった。

「なるほどね。鈴江が死にかかったときに……なんかこう……お告げみたいな。そういうこともありうるってことか……」

鈴江は背中を向けたまま、全身で両親の話を聞いていた。頭ごなしに嘘つきと決め付けられたことで、彼女は酷く傷つけられたと感じていた。何があっても、どんな時も、両親は自分の味方だと信じていたのに……。裏切られたような気がして、とても寂しくなった。拓海に会いたい。会って慰めて欲しいと思った。しかし、近頃は鏡が上手くはたらいてくれなくなってきたし、今朝の事で両親に内緒で鏡を使うのが難しくなってしまった。

鈴江は切なさに翳《かげ》る記憶の中で、拓海の手の感触を思い起こしていた。あれは暗い雑木林の中で初めて出会った時のことだった。差し伸べられた彼の手を握った時の安堵《あんど》感が懐かしかった。

ふと気が付くと、残り少ない朝顔のつぼみの先に気の早い赤とんぼがとまっていた。やがて薄紅色の美しい螺旋《らせん》を軽く蹴って、とんぼは飛び去って行った。

とうとう8月最後の朝がやって来た。ここ数日、鈴江は鏡に現れなかった。拓海は祈るような気持ちでクロゼットの扉を開けて内側の鏡を見た。ほぼ同時に鈴江の姿が現れたので、拓海は嬉しくなって声を弾ませた。

「あれっ、鈴、待っててくれたの？　今日は8月31日でしょ。学校が始まっちゃうとゆっくり話せなくなるだろうし、今日会えなかったら困ったなと思ってたんだ。よかった！」

鈴江は力なく微笑んだ。彼女は仕事場の大きな鏡の前に立っていた。そして、ゆっくり大きく息を吸い込んでから話し始めた。

「あのね、拓海さんから聞いた未来のお話をお母ちゃんとお父ちゃんに教えてあげたの。面白がってくれると思って……。でも、信じてくれなくて、がっかりしちゃった。お母ちゃんの手鏡を持ち出しにくくなって、今朝は決死の覚悟でお父ちゃんの仕事場の鏡よ。見つかったら本当に叱られちゃうわ」

「そりゃ二人ともいきなり未来の話を聞かされて驚いたんだよ。鈴のことを信じないわけじゃないさ。大丈夫だよ、きっと」

そう答えながら、拓海は漠然とした不安が現実のものになったと感じていた。その時、また、あの現象が起きた。鏡が普通の鏡に戻ってしまったのだ。

「あーっ、待って！　消えないでくれ。お願いだよ。鈴、鈴っ」

鏡は小刻みに揺れ、拓海と鈴江が交互に現れたり、二人が二重に映し出されたり安定を欠いていた。数分後に再び相手が見えるようになった時、拓海より先に鈴江が早口に言った。

「もうこれが最後かも知れない。そうでしょ？」

拓海が頷くと鈴江は続けた。

「あのね。私、拓海さんのこと忘れないよ。一生忘れないよ……」

鏡面の揺らぎが前よりも大きくなってきたので、拓海は慌てて言った。

「僕もだ！　僕は鈴と会えてよかったよ。本当に……僕は鈴を守ってあげたいのに……あぁ、どうすればいいんだろう……わかんないよ」

鈴江の潤んだ目が微笑んだ。

「拓海さんが自分のことをはっきり『僕』って言うの、初めて聞いたよ。なんだか嬉しい。今は泣いちゃいそうだけど、明日からは元気になるからね。私は大丈夫よ。心配しないで」

鏡面がこぼれ落ちてしまうのではないかと思うほどうねり出した。まるでゼリーのようだ。鈴江は鏡を通れそうな気がして、拓海に向かって思わず手を伸ばした。

「だめっ！　触っちゃいけないよ！　ちょっと待って……」

以前、鏡面に触れて電流が走ったようになったのを思い出して、拓海は鈴江を制止した。そして、ジーンズのヒップポケットから携帯電話を取り出すと言った。

「本当はね、鈴の写真を撮りたいって何度も考えたんだ。でも、なんかさ……後悔しそうで怖くて使えなかった。きっと、使わなくてよかったんだと思うよ。今ね、上手くいくかどうか自信無いけど、このケータイをそっちに投げるからね……ぶつからないように避けるんだよ。それから、僕ね、僕……」

鏡面は激しく波打ちだした。既に交信が限界なのは明らかだった。二人とも「今」が途切れたらリセットは不可能と直感していた。もう、時間が無い！　これが最後の会話だ。携帯電話を鈴江の手に渡す事ができるだろうか……まだ、間に合うかも知れない。拓海は鈴江に伝えたかった最後の言葉を止めて、祈るように携帯電話を握り締めた。それから数歩下がると、渾身《こんしん》の力を込めてそれを鏡に投げつけた。

拓海は跳ね返ってくるものから身を守るように反射的に顔を伏せた。しかし、何も跳ね返ってこなかったし、鏡が砕け散る音もしなかった。

数秒間の不思議な静寂が訪れた。恐々顔を上げると、拓海の携帯電話は鏡の中に浮かんでいた。やがてその輪郭を縁取るように、鋭いオレンジ色の光の線がピリッピリッと走り始めた。光は次第に速さと強さを増し、とうとう携帯電話そのものが煮え滾《たぎ》る鋳《ちゅう》鉄《てつ》のような輝きと熱を放ち出した。爆発するのだろうかと不安になった時、光は急速に衰えて輝きを失い、灰色のシルエットが残された。そして次の瞬間、それは粉々に崩れて消えた。鏡は何事も無かったかのように拓海の上半身を映していた。すべては終わった。

拓海はひどく落胆した。

『やっぱりダメだったじゃないか……ゲームオーバーだ……ケータイなんて彼女に渡せたとしても何の役に立つんだ？　お前、バカじゃないの？……』

後悔が彼の心を抉《えぐ》った。

鈴江は仕立て屋の仕事場で、姿見の前に立っていた。彼女は拓海の投げた携帯電話が鏡の中にトラップされ、燃え尽きて崩れる様子を呆然と見つめていた。

携帯電話が跡形も無く消える寸前、鏡面から褐色のアメ玉のようなものがひとつ飛び出して来た。そして、軽やかな音を立てて彼女の足元に転がった。鈴江は暫く躊躇していたが、思い切って手を伸ばし、それを床から拾い上げた。よく見ると、元は透明だったものが変質して紅茶のような色になったらしい。かろうじて緑を保っている小さな四つ葉のクローバーが中に埋め込まれている。

彼女は前にも一度、同じものを見たことがあった。それは拓海が別所沼の水面にかざして見せてくれた携帯ストラップの飾りだった。鈴江は80年以上の時をさかのぼりやって来た小さな使者を優しく両手で挟み、ねんねの所作のように片頬にあてて目を閉じた。

惨劇の日

8月31日、鈴江との別れの後、拓海は朝食の呼びかけにも応えず自室にこもっていた。午前8時には姉が出かけ、9時には母がバタバタと出て行く音がしたが、全く気にもならなかった。立ち直るには時間が必要なのだろうか。そもそも何から立ち直るというのだ。自分は本来無気力な人間にちがいない。

のろのろと机に向かうと、彼は数日ぶりにパソコンを立ち上げた。何気なく電子メールの受信トレイを開けると、未開封のメールが1件あった。急いで記録を確かめた。発信人は父だった。特定の誰かからのメッセージを期待していたわけではない。しかし父からと分かって、拓海は少しがっかりした。

『拓海へ、夏休みもそろそろ終わりですね。みんな元気ですか？　それからパソコンの調子はどうですか？　こちらはほぼ予定通り、工事は最終段階に入りました。9月中旬までには帰れると思います。次は上海出張になりそうです。今度は拓海も遊びに来られるといいですね。父より』

何の変哲《へんてつ》も無い文面の表示された画面を見つめているうちに、なぜか涙が溢れて頬を流れ落ちた。拓海は身体にぽっかりと穴が開いてしまったように空しく、苦しくてたまらなかった。

階下で電話が鳴っていた。拓海は呼び出し音の回数をぼんやり数えていた。6、7、8……まだかしらと思い始めた頃、音は止まった。祖父が電話にたどり着いたのだろう。かかった時間から考えると、リビングの子機は使わずにキッチンの親機のところまで態々《わざわざ》行ったのだろう。動かなくても済むように子機の使い方を何度も教えてあげたのに、そんなことも覚えられないのか？　祖父に対する苛立ちを思い出したおかげで、いつもの自分が少し戻ってきた。拓海がティッシュで涙と鼻水を拭いていると、祖父が部屋のドアをノックした。

「拓海、大丈夫か？」

「うん、何？」

拓海は泣いていた事を悟られまいとして努めて普通に答えた。しかし、祖父は何かを察した。彼は開けるつもりでノブに掛けていた手を下ろすと、そのままドア越しに話しを続けた。

「友達から電話だよ。珍しくこっちに掛かって来た。小さい方に廻す、ほら、そのやり方が分からなくてなぁ。下から何度か呼んだんだがね……すまんが……」

「直ぐ行く」

祖父が説明を終えないうちに、拓海が勢いよくドアを開けたので、二人の視線が瞬間的に絡んだ。避けるように目を逸らし階段を駆け下りて行く拓海の後ろ姿を見送りながら、祖父はいつものように自分の無力を感じていた。


「もしもし」

「須田？　そっちのケータイさ、メールも電話もダメみたいだから、家の方に電話したんだ。ケータイどうかしたの？」

電話は俊介からだった。祖父がリビングのソファに戻り、広げてあった新聞に目を落とすのをカウンター越しに見ながら拓海は言った。

「ちょっと壊れた。今、キッチンの電話、誰もいないからこのまま話せるよ、何？」

「学校が始まるのは3日の月曜日からだけど、1日の土曜日に吹奏楽部の演奏会があるの知ってるよね」

「うん」

「あの事故以来、久しぶりに学校に復帰するわけだろ……それで、A組のみんなで相談してさ、奇跡的に生還した須田のためにちょっとしたプレゼントを用意しようってことになったんだ。川村がまとめ役を引き受けてくれてね。彼女、勉強しか興味ないのかと思ってたら、意外に結構真剣にやってくれてさ、吹奏楽部のマネージャーや顧問の稲田先生に交渉したんだよ」

「……？」

「もしもし、なんか元気ないみたいだけど大丈夫？」

「うん、まあ……」

「それでね、明日、演奏会の終わりに特別な1曲を須田のために、演奏してくれることになったわけ。うちらの担任の古川先生が教頭の了解をもらってくれたから、説明のアナウンスや歌詞カードを配るのもオーケーになったんだ。今、川村たち女子が用意してるはず。曲名は内緒。あいつらレパートリー少な過ぎて、選ぶのに悩んだよ。それでね、すごく古いポップスだけど、きっと聴いたことのある曲、友達として選ばせてもらったんだけど、よかったかな？」

「うん」

俊介は意識して友達という言葉を強調したつもりだった。しかし、拓海の返事があまりにそっけなかったので、拍子抜けした声で続けた。

「なんか変だよ、ホントに大丈夫？　それから、この計画は秘密にしておいて須田をびっくりさせようっていうことになっているんだ。だけど、その場で挨拶のスピーチとかってことになるかも知れないし……やっぱ、前もって心構えが必要かなっと思ってさ。演奏会は10時から始まるから、須田が主役になるのは昼ごろだと思う……あまり大げさに考えなくていいよ……ありがとうだけでもいいんだからね。嫌だなんていわないでくださいよっ。みんな珍しく素直に賛成してくれたんだからさ」

「そう……明日、学校あるのか……」

「そうだよ。でも演奏会だけだからね。それもホントは自由参加、気楽でしょ。９月１日が休みでなければ、いつもは始業式と防災訓練だけどさ……あぁ、防災訓練は今度から1月17日、ほら阪神淡路大震災の日になったんだ。今までは９月１日の防災の日つまり、えーと関東大震災の日だったけどね」

『９月１日？』『関東大震災？』……拓海の脳の何処かで微かに警鐘が鳴りだした。何か重大なことを見落としている。何だろう、とても大切なことを忘れている気がする。チクッと引っかかる何かをなかなか思い出せない。その時、記憶の彼方から、不意に鈴江の声が蘇った。

『9月1日には一人で伯母ちゃんの所に……お昼には上野駅……』

拓海は首筋から額に向かって髪の毛が一斉に強く逆立つのを感じた。

「もしもし、もしもし！　須田、どうしたの？　具合でも悪いの？」

今度は本当に心配そうな俊介の声だった。拓海は早口に言った。

「あぁ、大変だ！　関東大震災だよ！　どうしよう！　ねえ、もしかして、関東大震災が起こったの……大正時代だったよね。何年だっけ……ねえ、大正何年だったか知ってる？」

「さあね、知らないよ」

「鈴江……鈴が9月1日に神田の伯母さんの所に行くって……」

拓海の頭の中で歯車が回り始めた。もし、鈴江の生きている大正12年が震災の年だとしたら……彼女は9月1日に神田に行くと言っていた。それは関東大震災の起こった日じゃないか！　地震後に東京は炎に包まれたと授業で聞いたことがある。ちょうど昼時での家でも煮炊きのために火を使っていたから……昼時だって?……『お昼には上野駅……』


「後で連絡するよ」

拓海はこう言うと、俊介が答える前に一方的に電話を切った。受話器を戻すと同時に、拓海はリビングに向かって大声で言った。

「おじいちゃん! おじいちゃん教えて、関東大震災が起こったのは大正何年?」

祖父は新聞から顔を上げた。拓海の慌てぶりを見て老眼鏡の向こうの目玉がさらに大きく見開かれた。

「いったいどうしたんだ? はて、大震災は大正10……何年だったかな。たしか終わりの頃だよ、12年か13年か……そう、大正12年だ。間違いない」

祖父が結論にたどり着く前に、拓海は既に階段を駆け上っていた。心臓の拍動に合わせて、頭がズキンズキンと痛んだ。口の中がカラカラで喉までひりひりと渇いていた。

『きっと、ちがう年だ。12年じゃないさ。あぁ、どうして今まで気が付かなかったんだ……』

拓海はパソコンの前に座ると、「関東大震災」と打ち込んだ。キーボードの扱いには慣れているのに、この一語を打ち込むのに2度も間違えた。検索をクリックすると、息を止めて待った。

画面に示された情報は以下の通り……関東大震災：1923年（大正12年）9月1日、午前11時58分に発生……何回読み直しても大正12年と読めた。明日、関東大震災の起こる瞬間に鈴江は東京にいる。拓海は自分が石になってしまったように感じた。身体が強張り、鼻から出る息が冷たく漂っていた。彼は無表情のまま、情報リストの上から食い入るように読み進んだ。

『震源は相模湾、伊豆大島付近の海底と推測される。マグニチュード7・9の直下型地震。死者・行方不明者およそ10万5千人。発生した火災は接近中の台風の風に煽《あお》られ2日間燃え続け……』

ここまで読んだところで、拓海は焦りの気持ちが身体中に充満するのを感じた。彼は解説文を最後まで読まずにトップページに戻り、「写真」をクリックした。画面に示された地域区分図から神田・御茶ノ水周辺を選び、再びクリックした。去年の夏、父と神田神保町の本屋に立ち寄ったことがあるので、被災当時の写真を見ればもっと細かいところが分かるかも知れないと思った。

『鈴江が行くと言っていた場所は？　伯母さんの煎餅屋は何処だっけ？　えーと、えー、そうだ！　駿河台下だ！　その場所が無事なら、とりあえず安心でき……』

拓海の思考はここで途切れた。どの写真も画像が粗く、印象派の絵を近過ぎる位置で見ているように分かりにくい。しかし、この荒れた白黒の世界には「事実」という圧倒的なインパクトがあった。拓海は手掛かりを求めてそれらの写真を必死に見つめた。そして、一枚に目が止まった。十字路の名残があるだけで、建物は遥か彼方まで焼き尽くされている。なだらかな斜面を下から見上げたような構図で、焼け残ったニコライ堂の塔が右上方に見える。その写真の撮影された場所は駿河台下……。鈴江はニコライ堂から坂を下ると言っていた。彼女はこの坂を歩いたのだろうか。伯母さんの煎餅屋はどの辺りなのだろう。人影は何処にも見あたらない。乾いた熱い風の音が聞こえてきそうな寂しい光景だ。みんな火事から逃げることができただろうか。

御茶ノ水付近の写真を見つけた。河岸の崖が神田川に崩れ落ち、駿河台鉄道線路は土砂に埋もれている。橋は脚の木造部分が焼け落ちて、骨組みだけが残っている。路面が舗装されていたこともあってか、完全焼失にはならなかったらしい。鈴江が渡ると言っていた橋だろうか。あの日、大勢の人々が安全な場所を求めてこの橋を渡ったに違いない。拓海の耳に沢山《たくさん》の下駄や靴の音、荷車の軋《きし》み、そして怒号や子どもの泣き声が迫ってくるように思えた。何を探しているのか自分でも分からなくなりながら、拓海は大正12年9月1日を追い続けた。そして、神田橋付近に折り重なる死体の写真を見た時、彼は耐え難い衝撃を受けた。命を失った肉体はマネキンのように無造作に転がっていた。ここに写っている人々は、地震が起こる瞬間まで自分が犠牲者になるとは考えてもいなかったことだろう。彼は画面を閉じた。

『これは１９２３年つまり大正12年の明日起こった事実なのだ。鈴江に知らせなくては……何とかして、このことを伝えなくちゃ……』

拓海はよろよろと立ち上がり、クロゼットの扉を開けた。鏡には蒼《あお》ざめた自分の顔が映っていた。

時刻は正午になろうとしていた。階下で祖父がテレビのスイッチを入れ、ＮＨＫニュースのオープニング曲が二階にも聞こえてきた。呼び鈴が鳴り、祖父が玄関の鍵を開ける音がした。短い話し声の後、拓海の部屋に俊介が現れた。彼は開け放ったままになっていたドアのところに立ち、鏡を見つめている拓海に向かって言った。

「どう？　あのさ、サスペンスドラマみたいな電話の切り方するから、ホントに心配になって、来ちゃったよ。そこで鈴ちゃんを待ってるの？」

「うん。９月１日の震災のことを、せめて伝言だけでもと思って……でも、もうダメみたい。伝えられないいんだ」

俊介はベッドの端に腰掛けると、言葉を選ぶようにゆっくり話し始めた。

「ねえ、うちらってなんか気が合うでしょ？　仲間っていうか、やっぱ友達かな。鈴ちゃんの話ね、この前にも言ったけどさ、交通事故の後遺症っていうか……幻想とか、須田の想像の人物かも知れないって考えたこと無いの？」

「信じてないいんだね」

「そうじゃないよ。作り話じゃないことは分かるし、信じたいけど、正直言ってよく分からないいんだ。それに、本物だとしてももう終わりにして忘れた方がいいよ、鈴ちゃんのこと……。上手く言えないけど、なんだか心配なんだよ、須田のこと」

「やっぱり、信じてないいんだ。僕のこと弱い奴だと思って、同情してくれただけなんだよね……他のみんなと同じように、タダのオタクだと思っているんでしょ。話すんじゃなかったよ」

拓海の投げやりな言葉を聞いて、俊介の顔つきが急に険しくなった。彼は立ち上がるとクロゼットの前の拓海を見据えて言った。

「そんな言い方ないだろ、もういいかげんに目を覚ませよ！　お前が嘘は言ってないって、分かると言ったじゃないか。だけど、大正12年に鈴江という女の子が本当に生きていたとしても、俺たちにはどうしようも無いじゃないか！　80年以上も前に起こったことを変えられるわけがないだろが、えっ？」

俊介は自分が簡単にキレかかったことで後味の悪い気分になった。彼は喧嘩《けんか》になる前に部屋を出て行こうとしたが、意外にも拓海がクスッと笑ったので、驚いて振り向いた。拓海は言った。

「『俺たち』って、あったかい感じがしていい言葉だね。中山の言うとおりだと思うよ。でも、今日一日は考えていたいんだ」

「『お前』なんて言ってごめん。考えるって、何を？」

「いいんだ……。ホントは何もできないって分かってる。それでも、鈴に伝える方法がないか……考えたいんだ。歴史を変えようなんて思ってないよ、そんな大それたこと。

でもね、僕は鈴が死んじゃ嫌なんだ。助けてやれないことが嫌なんだ。生きていて欲しいだけなんだよ……このままじゃ頭の中がぐちゃぐちゃで、気持ちの整理がつかなくて……あぁ、分かんなくなっちゃった。とにかく、僕は自分が納得できれば、そこで終わりにする。くよくよしない」

拓海の言葉には強い意志と説得力が感じられた。俊介は言った。

「うん。あのさ、須田、なんか変わったね」

「えっ?」

「何となくだけどさ、今までよりキリッとしてるって言うか……、とにかく明日は来てくれよ。待ってるからね」

俊介は部屋を出る前に、思い出したように付け加えた。

「LOVEだよ」

「誰が?」

拓海が無意識に「何?」ではなく「誰?」と聞いたので、俊介は笑いながら答えた。

「明日、須田の為に演奏する曲さ。ジョン・レノンの『ラブ』。じゃあね」

俊介は階段を下りて玄関に向かった。リビングの横を通ると、拓海の祖父がテレビの前でうたた寝をしていた。そのまま行ってしまおうかと迷ったが、彼は声を掛けた。

「失礼します」

「おぉ、もうお帰りですか？」

「はい」

俊介が帰った後、祖父は立ち上がってテレビのスイッチを切ると玄関の鍵を掛けに行った。彼はリビングに戻ると先ほどと同じようにソファに身を埋め、再び目を閉じた。しかし、眠ってはいなかった。

俊介が立ち去った後も、拓海は鏡を見つめていた。午後3時を過ぎる頃になって、空腹を我慢できなくなり、拓海はキッチンに向かった。冷蔵庫を覗くと、食べなかった朝食がそのままラップされているのを見つけた。皿をカウンターに置き、よく冷えたハムエッグをよく冷えた麦茶で流し込んだ。もうちょっと何か食べたい気持ちを抑えられず、「じゃがりこ」の蓋をはがしている時に、リビングから祖父が声を掛けた。

「さっき来た、中山君と言ったかな、良い子だなぁ。拓海は友達に恵まれて、有難いことだ。近頃はいじめや物騒な事件が多いから、心配していたんだが……安心したよ」

拓海は「じゃがりこ」のカップを持って何気なく祖父の隣に座った。自分から祖父の隣に座るのは数年ぶりのことだ。

「親友なんだ」

「そうか」

祖父は短い言葉を返しながら、自然な会話を心から喜んでいた。拓海は疲れた身体を干した布団に伸ばしたときのような居心地の良さを感じていた。ふと『おじいちゃんだって最初からお年寄りだったわけじゃないでしょ。』という鈴江の言葉を思い出し、彼は「じゃがりこ」のカップを差し出して言った。

「入れ歯にはちょっと堅いかも知れないけど食べる？　あのさ、おじいちゃんも中学の頃、親友いた？」

祖父はポテトの棒状スナック菓子を一本取り、口に運ぶと言った。

「おぉ、これは堅いな。だが、味はよろしい。親友か……」

祖父は懐かしそうに柔らかな笑みを浮かべて続けた。

「いたよ、いつも一緒だった奴が……。旧制中学卒業前に、私は志願して海軍航空隊に入隊した。あいつとは土浦の訓練生時代から同期だった。」

「えっ、おじいちゃん自分から軍隊に入っちゃったの？　こないだテレビでやってた戦争ドラマの中で、アカガミとか言う召集《しょうしゅう》令状をもらった人が軍隊に入る場面があったでしょ、普通はそうじゃないの？」

「よく知ってるじゃないか。それは戦争の時にあった本当のことだよ。私が入隊した昭和17年は、ミッドウェー海戦の失敗から日本の勢いが段々衰え始めた時期だった。だが、国民には知らされていなかった。私の母も『慌てて志願しなくても、声がかかるまで待ったらいいのに……』と言っていたよ。誰も日本が負けるとは思ってもいなかったから、のんびりしたもんだった。中学生の私には戦況がどうのこうのなんて分からなかったが、当時はまだ志願すれば希望する隊に入隊できた。私は戦争に行くと言うより飛行機乗りになりたかったんだ。あいつもそうだった」

「それなら戦友って言うんでしょ？」

「戦友？　まあそういうことだが、私は親友と呼びたいなぁ……命を支え合った相棒だからね」

「その人とは今でも親友なの？」

「あぁ、勿論《もちろん》だとも。今でも……あいつは私の目の前で死んだけれどね。あれはチンタオ（青島）の基地だった。上海よりもずっと小規模だったけれど、チンタオにも飛行場の他に小高い丘や川があってなぁ。自由時間には敷地内の野原で、よく話をしたよ。あの日、私たちはその野原にいた。間の抜けた話だが、私は聞こえてきた爆音が敵機のものだとは思わなかった。『敵機だぞ！　伏せろ！』と、彼は私に叫んで伏せた。皮肉なことに、撃たれたのはつっ立ったままの私ではなく伏せた彼の方だった。弾は尻から胸に抜けて即死だったよ。終戦の僅か数日前のことだった。今でも、残念で……本当に残念だ。もう少しで日本に帰れるところだったのに……」

拓海は祖父の声がいつもより高く響いていることに気付いた。背筋をしっかり伸ばした祖父の顔には生気が戻り、少し若返ったように見えた。そう、この老人にも激動の青春時代があったのだ。拓海は身を乗り出して聞いた。

「ゼロ戦を操縦した？」

祖父は首を横に振り、微笑を浮かべて言った。

「いいや、とんでもない。戦闘機を操れるようになるには膨大な飛行時間と戦闘訓練が必要なんだよ。車の運転とは訳《わけ》が違う。当時の海軍にはそのための費用も時間も教官もすべてが足りなかった。私たちは訓練もそこそこに南方に配属された。それから間もなく、私たちの隊は転々と北に移動して中国のチンタオに着いた。私は三人乗りの爆撃機「九七艦攻」と二人乗りの「九九艦爆」に乗っていた。今思えば操縦はまだまだ下手《へた》くそなのに実戦に出されたわけだ。空中戦の経験はほとんど無かったから、敵機に発見されたらアウトだったよ。みんな射的場のアヒルのように簡単に撃ち落された。そんな日々、私と相棒はいつも一緒に飛んだ。当然、死ぬ時も一緒だと思っていたんだがね……」

拓海は祖父が爆撃機のパイロットだったことを初めて知った。よどみのない口調で当時の細かな記憶を語る祖父は別人のように見えた。拓海は驚くと同時に、祖父のことを誇らしく思った。祖父は冷めたお茶を一口すすり、話を続けた。

「終戦を知らされた日は一点の陰りもない青空だった。チンタオの太陽は膠州湾《こうしゅうわん》から昇り、中国大陸に沈む。きれいだったなぁ……特に夕陽の美しさは、今でもよく覚えているよ。それから、あいつの顔も、声も……。私は80過ぎの老いぼれになったが、あの男は18歳のまま、ずーっと此処に生きている」

祖父は右手を軽く胸に当てて頷いた。そして唇を一度きゅっと閉じると、遠い眼差しになって唐突に歌いだした。軍歌のようだが、それらしくない洒落《しゃれ》たメロディだった。聴いているうちに、拓海は『あれっ』と思った。小さい頃に歌ったことがある歌、昔から知っている歌のような気がした。

「……見よ　落下傘　空に降《ふ》り、見よ　落下傘　空を征《ゆ》く……」

拓海は言った。

「ねえ、その歌、聴いたことあるよ」

「これは落下傘部隊の歌だ。名曲だろう？　あいつが大好きだった歌でなぁ……拓海が小さかった頃に教えたら、私と一緒に歌っていたよ。でも、ママに『軍歌なんて拓海に教えないでっ！』と叱られちゃってね」

祖父は静かに笑った。それは「空の神兵《しんぺい》」という曲（梅木三郎作詞、高木東六作曲）だった。祖父は幼い拓海の子守をする時によく口ずさんでいた。拓海は小さな自分と祖父が手をつないで散歩する光景を思い描いてみた。記憶には全く残っていないが、祖父はいろいろな経験を語ってくれていたに違いない。自分はいつの頃からか老人を老人だからという理由だけで蔑《さげす》むようになっていた。そんな思いが拓海の胸を少し熱くした。

拓海が黙ったままでいると、祖父は続けて言った。

「終戦になって私たちは収容所に収監された。戦争中、日本軍の中には中国人を酷い目にあわせた隊がたくさんあったし、チンタオでの評判も良くなかったから、どんな仕打ちを受けてもおかしくないと覚悟していた。ところが、私の予想は外れた。収容所で出会った中国人は誇り高く優しかったよ。アメリカ兵がいなくなると牢の鍵を外して、彼らが置いていった煙草や菓子を私たちにも分けてくれた。日本行きの引き揚げ船に乗る頃には友情のようなものが出来上がっていたような気がするよ。言葉は通じなくても同じ東洋人という意識があったんだろうなぁ。おかげで、私は人の心の温かさと感謝の気持ちを忘れずにいることができた」

祖父の話には、聞く者を圧倒する歴史の重みと人間の奥行きがあった。

『おじいちゃんはただの老いぼれ爺さんじゃなかった』

拓海は素直にそう思うことができた。彼は祖父の話の中にヒントを見つけたのだ。空になった「じゃがりこ」のカップを、ゆっくり力を込めて小さくつぶしてから立ち上がると、拓海は言った。

「やらなきゃならないことを思い出したんだ。話、また聞かせてね。じゃ……」

祖父は嬉しそうに頷いた。彼は拓海がリビングから出て行くとソファに寄りかかり、満足そうに目を閉じた。

拓海は自室に戻ると、直ぐにパソコンの前に座った。俊介が帰ってから祖父と話すまでは、自分が鈴江を止めなくてはならないと思い詰めて焦っていた。今は首の上の重しが外れたように、心が解放されるのを感じていた。

落ち着きを取り戻した彼は関東大震災の写真を再びパソコン画面に開き、中の一枚をプリントした。それは駿河台下からニコライ堂を望むあの写真だった。机の引き出しを開けると、一番くっきり書ける黒のマーカーペンを取り出し、写真の余白にメッセージを書き入れた。

「大正12年9月1日、午前11時58分、関東地方に大地震が起こる。危険だから神田には行かないで!」

拓海は別れの時に言えなかった一言をそこに書こうとしたが、考え直して名前だけを付した。クロゼットを開けて扉の裏の鏡に壁のどのへんが映るか位置を確認した。そして、写真を丁寧に手に取ると拓海は真剣に念じた。

『鈴、この写真を鏡の前に貼っておくよ。こんなことをしても無駄なのは分かってるけど、僕は自分を救うためにこの伝言を貼るからね。鈴に生きていて欲しい気持ちを精一杯込めて……』

約一ヶ月前、二人が同時に鏡に向かった時だけ、姿と声が時間を飛び越えた。けれども今はその不思議な能力も消滅してしまった。ならば、そんな力に縋《すが》って一日中鏡の前で待ち続けることはもうやめようと拓海は思った。彼は危険を知らせる伝言を鏡に映る壁に貼った。鈴江がこれを見ることは無いだろう。それでもなお、拓海が伝言を貼ったのはなぜか。彼は祖父の話を聞くうち、人間の心が時の流れに縛《しば》られない軌跡《きせき》を描くことに気づいた。その「心の絆《きずな》」に賭けてみることにしたのだ。これが、悩みぬいた末の自分なりの結論だった。

9月1日、午前10時数分前、拓海は学校の門の前に立っていた。気持ちの整理はできたつもりだったが、足どりは重かった。体育館の出入り口で待っていた俊介が、拓海の姿を見つけて走り寄ってきた。

「よかった！　本当に来てくれるか心配だったんだ。ホッとしたよ。古川先生がさぁ、やっぱ須田がお辞儀《じぎ》をするだけでも挨拶した方がいいだろうって……。ほら、保護者も何人か来ているからさ。よろしく頼みますよっ。あっちにみんないるから行こうよ」

俊介は同級生が集まっている方へ拓海を連れて行こうとした。拓海が気乗りしない様子なので、肩をぽんと叩いて他の生徒たちの中に吸い込まれていった。拓海は同級生から離れて、空席の多い後ろの方に座った。楽器の音合わせと客席のざわめきの中で目を閉じていると、頭の中は空虚な静寂で満たされた。突然、誰かに背中を軽く押された。はっとして振り向くと、川村陽子《ようこ》が立っていた。彼女は東京都内の小学校卒業後に浦和に引っ越してきた。ポニーテールが良く似合う美少女だが、優しさに欠ける言動が多いことから、周囲から恐れられていた。あだ名は「ヒラリー」。彼女は不満そうな表情になって言った。

「やだ、そんなに驚かないでよ。中山君に頼まれて、やってるだけなんだから誤解しないでよね。はい、これ須田君のために演奏する曲の歌詞。易《やさ》しい英語だから、練習無しで歌えるわよ。アナウンスも私がやるからさ、須田君も挨拶よろしくね。あぁ、それから……復帰おめでとう」

川村陽子はいつもの癖で嫌味《いやみ》を言って失敗したと思いつつ、拓海に歌詞カードを手渡した。彼女はあちこちのグループにカードを配り、パーティの女主人のように振舞っていた。将来、生徒会長に推薦されることを意識してのパフォーマンスだろうと拓海は思った。体育館には全校生徒５００名の約６割と保護者30人ほどが集まった。

午前10時30分、予定より少し遅れて、今年のコンクールの課題曲から演奏会は始まった。夏休み練習のおかげで、一学期よりは各楽器の足並みがそろい、聴衆の反応も悪くなかった。途中、合唱部の応援が２曲入り、勇ましい「アイーダ」の合同演奏をもって予定されていた曲目は終了した。続いて川村陽子がマイクを持って舞台に現れた。

時刻は午前11時45分になっていた。

「吹奏楽部の演奏を楽しんでいただけたでしょうか。ところで皆さんもご存知のように、交通事故で大けがをした1年A組の須田拓海君が元気になりました。彼が一時危篤《きとく》状態になったと聞いて、私たち全員が心から回復を祈りました。須田君は物静かで目立たない生徒ですが、大切な仲間です。元気になった須田君のために1年A組からリクエストした曲を、吹奏楽部の皆さんがアンコール曲として演奏します。一緒に歌ってください。曲はジョン・レノンの『ラブ』です」

客席の中ほどで聴衆の反応を気にしながら聞いていた俊介は隣のクラスメートを突い

て囁いた。

「ヒラリー、結構やるじゃん。ＦＭのパーソナリティみたいだよね」

「うん、マジでうまいよ。引き込まれちゃうね。あれで、もうちょっと性格も可愛ければヒラリー人気急上昇間違いなしなんだけどなぁ」

先ほどから放送同好会の３年生男子が報道関係者のようなプロ仕様のカメラを自慢げに肩に担いで川村陽子を撮影していた。その様子を見ながら、クラスメートは頷《うなず》いてそう答えた。

Love is real, real is love.
Love is feeling, feeling love.
Love is wanting to be loved.

陽子は各フレーズの終わりに次のフレーズの歌詞を美しい発音で読み上げた。絶妙のタイミングで語られる詩は、熟練した女優の台詞《せりふ》のように聴衆の心をつかんだ。彼女は自分の活かし方をよく心得ていた。透明感のある純粋な詩と素朴な旋律が、時を経ても変わらない真理を伝えていることも、彼女はよく理解していた。拓海は詩の優美さと陽子の完璧さに、いつの間にか鈴江を重ね合わせて歌詞カードを見ていた。

『愛とは真実、感じること、愛されたいと望むこと、……願うこと、……』

ここに歌われている言葉は、言うまでも無くすべての人間が心に抱く自然な感情である。

『……愛とは自由、いのち、失くしては生きられない大切なもの』

時刻は11時55分。

歌の余韻が盛大な拍手を呼び起こし、指揮者は満足そうに一礼して舞台の袖に引っ込んだ。拍手が続く中、陽子はマイクを手に舞台中央に立った。

「今日この会場に須田拓海君が出席しています。須田君！」

彼女は後方の席にひとりぽつんと座っている拓海に向かって促すように片手を差し伸べた。すると聴衆が一斉に振り向いた。拓海は突然注がれた視線の洪水に押し上げられるようにして、おずおずと立ち上がった。再び拍手が起こった。俊介が拓海に歩み寄り、舞台に行くよう軽く背中を押した。

とうとう拓海は壇上に立った。彼は陽子から渡されたマイクを握り締めて顔を上げた。同時に体育館後方の出入口の上に掛けられた大きな時計が目に飛び込んできた。

時刻は11時57分。

拓海はマイクを握ったまま、たっぷり30秒ほど固まっていた。どうしたのだろうと客席がざわつき始めた時、彼は口を開いた。

「僕には大切な人がいます」

意外な話し出しに会場は水を打ったように静まりかえった。俊介は拓海が鈴江のことを言っていると直感した。

『おいおい、その話はまずいぞ！　ここでそんなＳＦファンタジーまがいのことを言い出したら……やばいよ！』

俊介は慌てた。報道カメラマン気取りの3年生が拓海にズームしてきた。

時計の長針がカチッと動いて11時58分を指した。その時、一陣の熱風が体育館を吹き抜けた。カメラは不思議な風を追ってパン（パノラマのように回転すること）したが、何も捉《とら》えられなかった。拓海は再び語り出した。

「僕には大切な人がいます。心が優しくなれば、今まで気付かなかったことが見えてくると教わりました。家族や友達が支えてくれて……」

俊介は拓海が変なことを言い出さなかったので、とりあえずホッとした。しかし、拓海が本当は誰に語りかけているのか、彼には分かっていた。拓海はカメラのレンズに向かって結びの言葉を続けた。

「……たとえ遠く離れても、心は死なないことを教わりました。それを伝えたくて、僕は今ここにいます。ありがとう……ありがとうございました」

拓海の怖いほど真剣な視線がレンズに突き刺さってきたので、カメラマンは反射的に身を引き、カメラは客席へとパンした。一呼吸おいた後に割れんばかりの拍手が起こり、演奏会は終了した。

時刻は既に12時を過ぎていた。


体育館を出る生徒たちの集団から少し遅れて、拓海はゆっくりと出口に向かった。俊介が拓海の肩を軽く叩き、親指を立ててグッドのサインを投げかけてきた。彼は「じゃあね」と拓海に一声掛けると、マイクやアンプを片付けている生徒たちに手を貸すために走って行った。「じゃぁ」の挨拶を返そうと振り向いた拓海は俊介が真っ先に陽子に話しかけているのを見た。彼の目的は片付けではなさそうだなとぼんやり考えながら、拓海はカメラを丁寧に点検している3年生カメラマンのわきを通り過ぎた。ほかの男子生徒がカメラマンに話しかける声を背にして、拓海はそのまま外に出て帰途についた。緊張状態から解放されても膝から下はまだ小刻みに震えていた。彼は閑静な佇《たたず》まいの見慣れた家並みに沿って歩きながら、ひとまず安堵が満ちてくるのを感じていた。かつて関東大震災復興の過程で、この地の首都圏への利便性が注目され、多くの文化人が東京から移り住んだことが「文教都市うらわ」と呼ばれる所以《ゆえん》と伝えられていることを彼はまだ知らない。

「さっき12時ちょっと前の熱風さ、エアコンが暖房になったのかと思ったよ。カメラ回してるみたいだったけど、何か見つけたの？」

「いや、何かが凄い勢いで通り過ぎる時みたいな、変な風だったから追いかけたけど何も映ってないや」

映像を再生して確認しながら、カメラマンはそう答えた。そのまま続けて画面を見ていた彼は、拓海の挨拶が終わるあたりの場面になると不思議そうに言った。

「あれっ、この女の子だれだろう？　須田を撮ってるときは、そばに誰もいなかった。こんなレトロなヘアスタイルの子がいたら目立つから、気付かないはずは無いんだけど……これは、たしか……須田の視線がキツ過ぎると思って、僕がカメラを引いた時だ！」

「どれ？　見せてよ。それって、もしかして、超常現象とか心霊写真とか？」

カメラマンはもう一度再生しながら、友人に向かって説明を始めた。

「ありえないな。昔のようにフィルムに感光させるわけじゃないからね。よく分からないけど……ちょっと待って！　えっ、あれーっ！　うっそー……」

問題の場面が映し出され、カメラマンは信じられないといった表情で画面から顔を上げた。

「消えちゃった！……さっき見た時は確かに中一くらいの女の子が映っていたのに……消えちゃったよ」

めぐり逢いのロンド

二学期は何事も無かったかのように始まり、やがて街にコート姿が多く見られる頃になった。季節のメリーゴーラウンドはこともなげに廻り、拓海がありふれた中学生生活を取り戻すのに時間はかからなかった。9月中に父が福岡から帰ってきて、母は夏よりも小言が増えた。大学進学拒否を掲げた「8月の乱」以来、姉と母の冷戦は続いていた。そして、祖父は相変わらずリビングのソファでうたた寝をしていた。

11月、浦和レッズがアジア制覇を目前にしたACL決勝戦の夜、熱烈なレッズファンではなくても、テレビから目を離せなくなった旧浦和市住民は数多くいたことだろう。拓海もそのひとりだった。優勝の興奮は心を洗濯したような清々しさをもたらしてくれた。しかし、その後の期末テストはレッズ優勝後のまさかの連敗に歩調を合わせたような結果に終わった。詰めの甘さを自覚してはいたものの、成績が下がるのはやはり気分の良くないことだった。

12月中旬の土曜日の午後、拓海は久しぶりに旧中山道の書店に行った。俊介から、店頭出入口付近の新刊書コーナーで会いたいというメールを受け取ったからだった。拓海は何となくむしゃくしゃして、気持ちがささくれ立っていた。どうして、いつもの文庫棚じゃないのだと不満に思いながら到着した時、俊介はそこに来ていた。笑顔で近づいて来る彼に軽く頷いただけで、拓海の視線は書棚に向いたままだった。俊介が言った。

「何かまずいことでもあった？」

「べつに」

このようなやり取りでは、相手が「べつに」と言っても、「ない」ではなくて「あり」を指すことを俊介は承知していたが、そのまま話し続けた。

「あのさ、今日これから2時間ぐらいいいかな？　須田に助けて欲しいことがあるんだ」

「えっ？　何を？」

「そんな嫌そうな顔しないで……すごいビッグニュースを教えてやろうとしているんだから……、絶対秘密だよ。実はですね、今ね、付き合ってる子つまり『彼女』がいるんです」

「ヒラリーのこと？」

拓海があっけなく正解を言い当てたので、俊介は拍子抜けしてしまった。

「どうして分かっちゃったの？　学校ではバレないようにしてたのに……これが結構快感なんだけどさ。なーんだ、知ってたんだね」

「うん、あの演奏会の終わりに『あれっ』と思って、その後、学校で『へー』っていうことが何回かあったからね。近頃、彼女、みんなに優しくなったし……でも、僕には関係無い」

「『そんなの関係ねえ』ってやつ？　それが、大有りなんだよ。演奏会で須田の復帰をお祝いすることになったおかげなの。夏休み中、打ち合わせのために何度か会ったり電話したりしてるうちに分かったんだ。彼女、みんなが考えてるほど『自己チュウ』じゃないって。それまでは全然意識してなかったのにさ。だから、須田は関係ある」

俊介は嬉しそうに続けた。

「今日ね、陽子の小学校の時の友達が板橋から遊びに来ているんだ。あっちが二人だからこっちも二人がいいでしょ？　それで、須田に助けて欲しいということさ」

「やだよ……、悪いけど、帰る」

拓海が俊介に背を向けようとした時、目の前のエレベーターのドアが開いて、陽子と連れの女の子が降りてきた。待ち合わせ場所が新刊書コーナーになった理由が、それで分かった。エレベーターに最も近い場所、ただそれだけのことだと思うと、拓海はもっと不愉快になった。俊介が急いで繕うように説明を始めた。

「上の階の参考書売り場で待っててもらったんだ。からかうつもりじゃなかったんだよ。いきなりじゃ、須田がびっくりするだろうと思ってさ……」

「もういいよ、帰るから」

拓海は裏切られたような、もの笑いのたねにされたような悲しい憤りが湧き上がるのを抑えられなくなっていた。その時、陽子が拓海の腕をつかんで言った。

「こちら根本里奈《りな》。須田君は自分の事で頭いっぱいらしいけど、挨拶ぐらいしてあげてよ。里奈が可哀そうじゃないの」

陽子のその言葉には、拓海に逃走を思い止まらせるだけのインパクトがあった。彼は向き直り、所在なさそうに身を竦《すく》めている里奈に初めて視線を向けた。小柄な女の子だ。ボーイッシュなショートヘアが身体をいっそう華奢《きゃしゃ》に見せていた。美人ではないが、拓海は里奈を可愛いと思った。同時に彼女の瞳の中に何か抗しがたい強い力を感じた。その感覚を以前にも何処かで経験したような気がしたが思い出せなかった。

陽子は里奈に向かって言った。

「さっき話した須田拓海君、ちょっとオタクっぽいけど、俊介の友達だから大丈夫だよ」

それから、今度は拓海に向かって陽子は続けた。

「里奈は小学校の時からの友達。今でも私が板橋に行ったり彼女がこっちに来たりしてるの。里奈は親戚が浦和に住んでいるので、小さい時からよく遊びに来ていたんだって」

陽子は言葉を切ると促すような視線を拓海に向けた。気まずい沈黙が数秒続いた後、拓海はボソリと言った。

「どうも……」

里奈は軽く会釈をして、同じようにポツリと返した。

「どうも……」

4人はマクドナルドで軽食をすませた後、ぶらぶらと歩いて玉蔵院境内にやって来た。

師走の買い物客で賑わう旧中山道から20メートルほど入っただけなのに、境内はひっそりとしていた。石垣に腰掛けてしゃべっていたのは陽子、その隣の里奈は時々加わる程度、俊介はつまらなそうに二人から離れて座り、拓海はさらに離れて門柱に寄りかかったまま黙り込んでいた。やがて里奈が立ち上がり、「そろそろ帰る」と言った。

その言葉を受けて、陽子は拓海に言った。

「ねえ、須田君、里奈のこと送ってあげてよ。そのくらいしてくれても……」

「いいの、もういいの」

陽子の言葉をさえぎるように里奈が言った。

その声は少し震えていた。拓海は柱を離れ、女の子達に向かって言った。

「送るよ」


境内を出て行く拓海と里奈の後ろ姿を見送りながら、陽子は俊介に言った。

「ちょっと失敗だったかな。里奈が両親の離婚で落ち込んでたから、元気になって欲しくて誘ったけど、やっぱり気分のってなかったね。須田君は『癒し系草食男子』で丁度いいと思ったんだけどなぁ。それにしても今日の須田君、めちゃくちゃブルーで不機嫌だったね、どうしたんだろう。何かあったの？」

「うん。あいつ、最初は本気モードで怒ってた。事故の後の事を早く忘れられるといいと思って、陽子の計画に賛成したけどね。今は反省してるよ、おせっかいだったたって。それに、あの子を須田に送らせるなんてわざとらしいよ」

「そうかなぁ……里奈は可愛いし、俊介が彼女を好きになっちゃうと困るもん！　事故の後の事って何のこと？」

俊介は陽子の嫉妬《しっと》が心地良かったが、同時にうっかり口走ったことに対する切り返しの鋭さに驚いた。彼は拓海から聞いた鈴江とのことを陽子に話していなかった。まさか拓海が幽霊に失恋したとは言えないし、第一に親友の秘密を勝手にバラすわけにはいかないのだ。それに、自分はおしゃべりな奴だと思われたくなかった。彼女が興味をいだく前に話題を戻そうと、俊介は急いで言った。

「それは、その……事故の後と言うか、夏の間ずっと須田が病人生活みたいなもんだったからさ。それより、あの二人が両方とも相手を気に入ってなかったら、両方に悪いことしちゃってないか？」

陽子は「ふぅん」という顔をして、再び話し出した。

「でも、須田君は送るって言ってくれたんだし、いいじゃない。里奈もおばあちゃんだか曾《ひい》ばあちゃん？　の家が昔この近くにあったそうだから、本当は駅までの道順を知ってるはずだけど須田君と一緒に行ったのだから、嫌がってはいないと思うよ」

「そうか……」


角を曲がって、玉蔵院の門が見えなくなってから里奈が言った。

「あのぅ、道は知ってるから、もう一緒に行ってくれなくていいです」

「駅の近くに自転車を置いてあるんだ。駅までは同じ道でしょ。だから、気にしなくていいよ」

そう答えて、拓海は漠然と彼女が可哀そうだと思った。二人は無言のまま浦和駅に着いた。里奈は前を向いたまま「じゃぁ」と短く言った後、逃げるように自動改札を通り抜けた。その小さな背中を見送っている時、拓海の脳裏を何かが過《よぎ》った。彼は『はっ』とした。さっき書店で彼女と目が合った時の不思議な感覚を何処で経験したか……不意に記憶の扉が開いたのだ。

『そうだ！　あの暗い雑木林で初めて出会った時の鈴江の目と同じだ。待って！　頼むから待ってくれ……』

見ると、里奈は人の流れに吸い込まれようとしていた。拓海はショートヘアめがけて呼びかけた。

「根本さん……」

しかし、その声は人ごみにかき消されてしまった。小柄な里奈の後ろ姿はもう見えない。彼は大声を張り上げて呼んだ。

「里奈！　りなーッ！」

数人が拓海に無表情な視線を投げ返した。そんなことはお構い無しに、もう一度大きな声で呼んだ。

「りなーッ」

すると人の流れに淀みができて、歩き去る人々の背中の間から困惑顔でこちらを見ている里奈が現れた。

「ちょっと待ってて！」

拓海は彼女が立ち止まっていることを確かめてから、そう言い残し、大急ぎで切符を買いに行った。改札を走り抜け、里奈の前に立つと、彼は少し上ずった声で言った。

「やっぱり、送るよ……送ってもいい？」

里奈は小さく頷いて言った。

「うん。でも赤羽まででいいです。乗り換えたら直ぐだから」

二人は再び無口になって歩き出した。拓海は彼女に話しかけたい気持ちだけが先走り、かえって何も言えなくなってしまっていた。もし変な奴だと思われたらアウトだ。学校も住んでいる所も違うのだから、二度と会う機会はないだろう。

無言のまま乗った上り電車は4駅目の川口を発車し、荒川に架かる鉄橋を渡り始めた。あと2分ほどで電車は赤羽駅に着いてしまう。拓海は何をどう話したらよいかわからないまま窓の外を眺めていた。夕陽の残光を受けた富士山のシルエットが遠く浮かんでいた。その時、里奈がポツリと言った。

「きれい……」

拓海は救いの糸をつかむ思いで答えた。

「うん、影で見るのもいいね」

里奈は初めてにっこりした。そして、拓海に向き直ると言った。

「曾おばあちゃんの病院からも富士山が良く見えるの……、あのぅ、今日は気をつかってくれてありがとう」

それは、明らかにお別れの挨拶だった。電車は赤羽駅ホームに滑り込んでいた。拓海は電車を降りながら言った。

「埼京線のホームまで送るよ」

里奈は「えっ」という顔をしたが頷いた。拓海は自分が嫌われてはいないらしいので、とりあえずホッとした。埼京線ホームは二人が降り立った京浜東北線ホームから最も離れたところにある。乗り換えのためには、階段を下りて通路を端まで行き、また階段を上がらなければならない。もう暫くの猶予ができた。しかし、拓海はつかんだ糸口をどうしたものか分からないまま、無言で通路を歩いていた。

『洒落たことでも言えれば良いのに、何にも思いつかない。まだ、もう少し一緒にいたいのに、この階段を上がったら埼京線ホームに着いちゃう。このまま別れてしまったら、なんだか後悔しそう……。でも、もう傷つきたくないし、これ以上ボロボロになるのは嫌だから……』

二人は再び階段を上がり埼京線ホームに着いた。間もなく新宿行き電車が到着する旨のアナウンスが流れた。すると里奈が緊張した表情になった。まるで拓海の焦りが伝わってしまったかのようだ。彼女はショルダーバッグをゴソゴソかき回して手帳を出ししかけたが、考え直してそれをバッグに戻した。そして、ためらいがちに携帯電話を取り出して言った。

「あのぅ……メアド（メールアドレス）」

拓海は慌てて自分の携帯電話をポケットから出した。とうとう切り出せなかった一言を、彼女が言ってくれた。先ほどまでの重苦しさが一瞬にして消えた。二人はお互いのメールアドレスと電話番号を交換し合った。発車のメロディが流れる中、里奈は今度こそ本物の笑顔になって電車に飛び乗った。拓海はさよならを言う代わりに、閉まるドア越しに右手の携帯電話を軽くこめかみに当てて敬礼のまねをした。ドアが完全に閉まり、電車が動き出したので、里奈は自分の携帯電話を振って拓海のサインに応えた。女の子らしく幾つも付けられた携帯ストラップがカシャカシャと賑やかに揺れていた。拓海は『いつか誘ったら、彼女は応じてくれるだろうか』と、新たな期待と心配が芽生えるのを感じながら里奈を見送った。彼女の携帯ストラップの中に、異様に古びた茶色の飾りがあることには気づかなかった。その変色したアクリル樹脂には、かろうじて緑を保っている小さな四つ葉のクローバーが埋め込まれていた。

拓海が赤羽で里奈と別れて浦和に戻ってきた頃、日はすっかり暮れていた。改札を出て駐輪場に向かう途中、ポケットから携帯電話を出した。マナーモードを解除してから、里奈にメールしてみようか……やめたほうがいいかと考えている最中に電話が鳴りだして、拓海を慌てさせた。

「はい、もしもし」

「須田？　あのさ、さっきはごめん。今日のことは陽子のアイデアだったんだ。二人を紹介しようって。考えてみたら、余計なお世話だったよね。メールにしようか迷ったんだけど、須田が返信くれなかったらマズイじゃん。直接謝るべきだと思って電話した……悪かった、巻き込んじゃってごめん」

それは俊介の声だった。

「べつに気にしてないよ」

「それならよかった……」

「じゃぁ、切るよ」

拓海は俊介のことを怒っていたわけではないが、先に電話を切った。里奈を送って行ったかどうか、俊介が知りたがっているのは分かっていた。拓海も今の気持ちを彼に話したいと思った。しかし、自分の中に漂うほのかな感情を言葉にしてしまうと、全く別なものに変わりそうで不安になった。

陽子と里奈も電話しているだろうか。彼女たちは仲良しだと言っていたが、積極的な陽子と自分を出さない里奈の間には、まるで上下関係があるようだ。あるいは外からそう見えるだけで、実際の主導権は時々移るものなのか？　女の子同士の親友というものは、特別に難解な人間関係に思えた。拓海は携帯電話をポケットに納め、自転車を走らせた。里奈にメールするのはやめておこう。

家の前まで来ると、食欲をそそるカレーの匂いが漂っていた。玄関から上がってリビングの横を通りかかると、クリスマスツリーの箱が床に置かれていた。拓海がそれをまたいで行こうとしていると、キッチンから母の声が追いかけてきた。

「お帰りー。ねえ、ツリーを物入れから出したんだけど、組み立てる時間がなくて……夕ご飯ができるまでの間に飾ってよ、今日はカレーでーす！」

「こんだけ匂ってたら、言われなくても分かるって……やれやれ」

拓海は口の中でぶつぶつ言いながらも、素直にツリーの組み立てに取り掛かった。木の形が出来上がった頃、宏美が帰宅した。

「ただいまー。もしかして、またカレー？　太っちゃうよ……あっ、クリスマスツリー！　飾りつけはまかせて」

彼女は上機嫌でそう言うと、拓海の手からヒトデのような星を取り上げてツリーのてっぺんに載せた。その時、祖父が和室から出てきた。彼は手に持っていた文庫本のようなものをテーブルに置いて言った。

「二人ともお帰り。家の中に若い人の声がしているのはいいもんだ。聞いているだけで元気が出るよ」

オーナメントが入った袋を渡しながら、拓海は姉に尋ねた。

「そういえば、珍しくご機嫌だけど、ママと停戦条約が成立したの？　それともクリスマス休戦？」

「相変わらず生意気で嫌味な奴、そんなことだから女の子にもてないんだよ。フフッ、私ね、やっぱり大学行くことにした。考えてみたら、絵とか彫刻とかのセンスないし、才能の不足は努力じゃカバーできないのよね」

「なーんだ、ころっと諦めちゃうんだ。つまり、伝統技術を受け継ぐには不器用すぎて使い物にならないってこと?」

「感じ悪い! チョームカつく」

そう言って姉は弟を睨みつけた。険悪ムードを心配した祖父が宏美に向かって言った。

「大学を目指して一緒に勉強する良い友達ができるといいね。それとも……もう見つかったのかな」

宏美は一瞬驚いた表情を見せたが、直ぐに照れ笑いになって言った。

「ビンゴ! おじいちゃんすごーい。拓海より話が分かってる。ほら、10月に国際協力のグローバルフェスタでボランティアしたでしょ。あの時知り合った浦高の2年生、医学部を受験するんだって。いつか一緒に国際協力の仕事をしようって話したんだぁ。それでね、私も同じ大学に行きたいなーって」

すると拓海が悪戯っぽく聞いた。

「浦高って言ったら男じゃんか……」

続けて彼が何か言う前に、祖父が言った。

「いいじゃないか、男でも女でも。一緒に頑張る仲間がいるってのは良いことだ。私も嬉しいよ。ママにはもう話したのかい？　きっと大喜びだぞ」

「受験することにした話はまだよ。でも、ボランティア活動で友達できたって言ったから、何となくわかってるみたい。パパには後でメール……直接だと話しにくいんだもん」

キッチンから恵子が声をかけた。

「ねえ、誰かお皿並べてー」

宏美が「はーい」と言って手伝いに行った後、拓海が小声で言った。

「なんか、別人みたいに楽しそうだね。女って彼氏の影響受け易いのかな」

祖父は拓海に笑顔を向けて言った。

「男だって同じさ。大切な女性のためなら、強くそして優しくなれるとは思わんかね。そうだろう？」


夕食が終わる頃、亘が帰宅した。

「珍しくみんなそろってカレーですね。旨そうな匂いだ……でも、その前にちょっと失礼」

　ネクタイを緩めながら冷蔵庫を開けた亘は、缶ビール片手にダイニングテーブルについた。父の様子を見て、宏美が言った。

「その姿、上品さに欠けるよ。コップ使えばいいのに」

「おぉ、単身生活が長いと習慣になっちゃって……ところで今日、本部長に呼ばれてね、予想通り、年明け早々に上海行きになりそうだ。健康診断でひっかからないように、年末年始は肝臓を大事にするようにって釘を刺されたよ。飲み過ぎに注意しましょう、乾杯」

　亘がビールを一口飲んだところで、祖父が懐かしそうに言った。

「上海か……私が行ったのは戦争中のことで大昔だが、西洋の絵葉書から抜け出たようなハイカラな街並みに驚いたものだったよ。今は変わってしまっただろうなぁ」

　亘は祖父の方を向き、真面目な口調になって言った。

「今でも中国最大の商業都市ですよ。ハイカラと言うよりはハイテクの街ですかね。お父さんが知っている戦前からの建物も幾つか残っていますよ。最近は周辺の工業地域との交通が急ピッチで整備されて、まだまだメガ級の膨張を続けています」

「今度はどのくらい行ってるの？」

と、恵子が心配そうに尋ねた。

「まだ正式じゃないから分からないよ。たぶん2年ぐらいだろう」

それを聞いて宏美が恵子に言った。

「ねえ、ママもパパに付いて上海に行くの？」

「嫌よ、冗談じゃない」

恵子は強張った声で即答し、気まずい空気がさっと流れ込んだ。亘がなだめるように言った。

「パパはひとりで大丈夫。ママは自分の仕事やみんなの面倒で大変なんだ。宏美と拓海が夏休みにでも遊びに来てくれればいいさ。来年は北京オリンピックもあるしね」

拓海には父が本音を言っているようには見えなかった。彼は両親と姉の会話を暫く聞いてから立ち上がり自室に向かった。リビングを通り抜けようとした時、テーブルの上に置かれた厚さ2㎝ほどの古そうな文庫本が目に入った。さっき祖父が和室から持ってきたものだ。まだらに変色して、あちこちに一段と濃い茶色のシミができていた。紙質が悪く、触れただけでポロポロと崩れてしまいそうだ。よく見ると、それは文庫本ではの丸なかった。表紙の左上に「部内限」、中央に「偵察員須知《すち》」と記され、その下に日の丸のついた飛行機の絵が印刷されていた。

「それは一式陸攻だったかな……被弾《ひだん》すると派手に炎上することが多かったんで、ワンショットライターって敵《てき》さんから呼ばれていたそうだよ」

拓海の後からリビングに戻ってきた祖父が、ソファに腰を下ろしながらそう言った。

拓海は本を手に取って言った。

「見てもいい？」

「いいとも。ところで、拓海は今月の8日、えーと先週の土曜日が何の日だったか知らないだろう？　昭和16年12月8日は真珠湾攻撃つまり日米開戦の日なんだよ。実は私もうっかりしていた。その日を忘れたことが自分でもショックでな、今頃になって思ったんだ……あの時代を生きた証を残したいとね。ところが、終戦後、私は軍隊を思い出させる物が嫌で全部捨ててしまったんだよ。あの頃はみんな貧しかったが、活気に満ちていた……まだ二十歳前の私にとって、戦前、戦中のガラクタは邪魔なだけだった。自分がこんな老いぼれになる時が来るとは想像もしなかった。今ではこのとおり、我が身がガラクタだ……気付いたら何も残っていなかった、この一冊以外は……」

拓海は傷口のガーゼをはがす時のように、そっと表紙を開けた。

『本書ハ偵察員勤務参考トシテ編纂《へんさん》セルモノナリ　昭和十八年十月十五日　第十三連合航空隊司令部　編纂』

慎重に中のページを見ていくと、航法、通信、信号、気象、爆撃、雷撃、射撃……と続き、米英の戦艦や飛行機のシルエットと名前・性能が記された識別法の章で終わっていた。数式やグラフのページを開けて、拓海は聞いた。

「これが航空隊の教科書だったの？」

「いや、教科書ではない。各教科の重要事項を抜粋して、携帯できるようにまとめた虎の巻みたいなものだよ。今だったらポケット版というところかな」

「ふーん。なんか本物ってすごいね」

祖父は拓海が興味を示したことに満足し、一語ずつ含めるように言った。

「戦争の記憶はいつか薄れ、傷は癒《い》えて消えていく。だが、忘れてはいけない。これは私が拓海の年頃に本当に起こったことなんだよ。あの時代、我々のような普通の人々に何があったのか、その頃の私がどんな人間だったかを伝えたいと思ってね……、どうだ？　その本を受け取ってくれるかい？」

「えーっ、こんな大事なもの……」

「内容的な価値はほとんど無いから読む必要は無いよ。お守りみたいなものさ、持っていてくれればいい。そして、いつか拓海の子どもやその子どもの手に渡るようにしてやっておくれ。それで十分だ」

「分かった」

拓海は急いでキッチンに行き、冷蔵庫の上の空き箱の山から良さそうな大きさの菓子箱を取り、リビングに戻った。

「この箱が丈夫そうだから……ここに入れておくね」

拓海が選んだのは「とらや」の最中《もなか》が入っていた小さな化粧箱だった。祖父は妻の祥《しょう》月命日《つきめいにち》に彼女の好物だった「とらや」の最中を買う。「箱は必要ないからバラで買って」と恵子に言われても、必ず化粧箱入りを買う。6個入りの小さな菓子箱の蓋を、小さな仏壇の前で開け、最中を1個取りだして線香立ての隣に置く。もう1個はその場で自分が食べ、残り4個は箱ごと恵子に渡す。その箱だった。

「ちょうどいい箱を見つけたね」

と、祖父は静かに答えた。美味しそうに最中を食べる妻の姿が胸に蘇っていた。

里奈にメールできないまま、日一日と時間は経過し、ごく自然に連絡するのが難しくなってしまった。その後、俊介と陽子の態度に変化は無かったが、二人とも拓海の前で里奈を話題にすることは避けているように見えた。拓海を取り巻く環境は何も動かないまま、学校は冬休みになり、クリスマスが静かに過ぎた。

暮れも押し迫ったある日の朝、拓海の携帯電話に里奈からのメールが届いた。文面は『時間がある時に電話ください』という簡単なものだった。拓海は迷わず直ちに電話した。

「はい」

「あの……根本さんですか？　こちら須田拓海ですけど……」

「すぐに電話くれてありがとう」

里奈の声は緊張していたが明るかった。彼女は続けて言った。

「あのね、この前送ってもらったお礼にプレゼントを買ったのだけど、クリスマスに渡せなかったから……」

それを聞いて、拓海は彼女がこちらからの連絡を待っていたことを知った。そして、自分の優柔不断を悔やみつつ言った。
「ごめんね。よければ今日、これからそっちまで行くよ」

二人は池袋の芸術劇場前で待ち合わせた。外は冷えていたので、近くの喫茶店に入ることにした。中学校では、生徒だけで所謂《いわゆる》盛り場の飲食店に出入りすることを禁じている。後ろめたさのためか、林立する洒落《しゃれ》たビルの店ではなく古ぼけた駅前食堂風の喫茶店を選んだ。二人は窓際の４人掛けの席に座り、カフェオレを注文した。彼らとほぼ同時に一人の老人が店に入り、通路を挟んで向かいの席に座った。病院通いの帰りらしく、白い薬袋が入ったレジ袋を提げていた。カフェオレが運ばれてきた時、その老人はまだメニューを開いており、横に立つウエートレスが苛立った様子で老人を見下ろしていた。彼は「お薦めメニュー」を指差して何か尋ね、ウエートレスは無愛想に答えて立ち去った。

カフェオレを一口飲んで、里奈が言った。
「私ね、男の子と二人だけでお茶するの初めて……あのお爺さん、オープンサンドセットを注文したことになっちゃったけど、食べ方わかるかしら……。そうそう、こないだは送ってくれてありがとう。本当は迷惑だったんでしょう?」

拓海は急いで首を横に振って言った。

「うぅん、そうじゃないよ。そっちも巻き込まれた立場みたいだったからさ。それから、僕も初めてなんだ、こんな風にお店に寄るのって……」

向かいの席にオープンサンドセットが運ばれてきた。皿に薄切りの山型食パン4枚と個包装のバターとジャムが載せられ、大きめのサラダボールには山盛りレタスの上にたっぷりのツナと卵のサラダ、小さめの深皿にフルーツの盛り合わせ、そしてコーヒー……いかにも若いOLが好みそうなセットだった。老人はテーブルの上に並んだ品々を前に、ただ呆然としていた。それから、拓海たちのテーブル越しに窓の外を眺め始めた。遥か彼方、見えるはずの無い何かを求めているような眼差しだった。

「なんだか可哀そう……」

里奈も同じことを感じたらしく、そう小声で囁いた。

「うん、うちのおじいちゃんも80過ぎでヨボヨボでさ、なんか面倒臭くて避けちゃうよね。でも、この頃ちょっと話すようになってさ……昔、15歳くらいで軍隊に入って、爆撃機のパイロットになったんだって。今のおじいちゃんからは全然想像できないけどね」

「うちには曾おばあちゃんがいるわよ、明治生まれの96歳。今は病院だけどね。曾おばあちゃん、おばあちゃん、ママ、みんな学校の先生。でも、私は曾おばあちゃんが一番すごいと思う。子どもの頃、大正時代にその年号があと何年で終わるとか予言して、家族を慌てさせたんですって。それから、我が家の定番手作りおやつがあるんだけど、それはジャガイモを薄く切って揚げるの。熱々が最高。曾おばあちゃんがね、今みたいにポテトチップを普通に買えるようになる何十年も前に思いついたんだって」

「へぇー、スーパー曾おばあちゃんなんだね。うちのおじいちゃんよりすごい」

拓海がカフェオレの最後の一口を飲み干そうとしている時、里奈がバッグから小さな包みを出して言った。

「これ、こないだのお礼」

「ありがとう。開けてもいい？」

「うん、気に入るといいんだけど」

拓海は袋のテープを丁寧に取り、中身を手のひらに滑り出させた。それはアルファベットのTをモチーフにしたシンプルなデザインの携帯ストラップだった。

「これ、いいね。夏休みの終わりにケータイを失くしちゃってさ、先月、やっと新しいのを買ってもらったんだ。だから、ちょうどよかったよ、ありがとう」

拓海がそう言うと、里奈の顔がぱっと明るくなった。彼女は嬉しそうに言った。

「あーよかった。本当はね、ママと一緒に選んだときに、自分用に同じのを買ってもらっちゃった。私のはR。ほらね」

里奈は自分の携帯電話をテーブルに置いた。新しいストラップのきらきらと輝くRの隣に、あの変色した四つ葉のクローバーがあった。その時、向かいの席の老人が立ち上がり、会計を済ませて、静かに店を出て行った。テーブルの上のオープンサンドセットは運ばれてきた時のままだった。

拓海は思わず手を伸ばし、四つ葉のクローバーの飾りに触った。胸の奥で止まっていた時計がカチカチと動き出していた。

里奈が言った。

「そっちのは、うんと古いのよ。さっき話した曾おばあちゃんがね、子どもの頃に友達から貰ったお守りなんだって。関東大震災や戦争で死なずに生きてこれたのはこれのおかげだって言ってた。パパとママが離婚した時、私にくれたの。ストラップにできるようになっていたから付けたけど、考えてみると少し変でしょ？　どう見ても昔の人のお守りらしくないものね……」

　里奈は向かいの座席に何か白いものがあるのに気付いて言葉を切った。

「あれっ、さっきのお爺さん……忘れ物」

　拓海ははっと我に返り、向かいの座席に目をやった。そこには薬の袋が置かれたままになっていた。あの足取りなら、まだそれほど遠くまでは行っていないだろう。拓海は勢いよく立ち上がった。袋を掴むと、里奈に待つように言い残して、店の外へ走り出た。

　西口の雑然とした広場に老人の姿はなかった。どっちの方角に行ったものかと振り返った拍子に、ふらふらと歩く薄汚れた身なりの男にぶつかりそうになった。

「あっ、ごめんなさい」

　拓海が言うと、男は鋭い視線を投げ返した。

　汚い灰色の作業服、ぼさぼさの髪と伸び放題の貧弱な髭、異様に痩せた身体、頬のこけた醜い顔……拓海は全身に鳥肌が立つのを感じた。その男が不潔だったからではない。その男に見覚えがあったからだ。右目は白く濁ってはいないが、確かにあの時の……あの桟橋の番人だ。

「どうして……」

そう言いかけたとき、拓海の視線は当の老人の姿を男の肩越しに捉えた。老人は30メートルほど先のバス停に並ぶ数人の後ろに着こうとしていた。ちょうどバスが止まり、扉が開いた。拓海はバス停に向かってダッシュした。老人がステップに片足を掛けたところで追いつくことができた。

「あの……これっ、忘れ物です！」

老人は拓海の方に怪訝《けげん》な顔を向けた。差し出された薬の袋を見て、その顔は驚きの表情に変わった。

「いやぁ、ありがとう。すっかり忘れていました。これのために出かけてきたというのに……耄碌《もうろく》しました。年はとりたくないです。若い人が羨ましい。ご親切にありがとう、ありがとうございました」

何度も礼を言って、薬の袋を大事そうに抱え、老人はバスに乗り込んだ。拓海は大急ぎで店の前に戻ったが、あの男の姿は消えていた。確かに桟橋の老番人だった。しかし、彼がここにいるはずが無い。拓海は思った。

『あの男の姿を見たのは自分ひとりだけだったのかも知れない。彼は池袋の何処かで死んだと言っていた』
その時、拓海は喫茶店の大きなガラスに自分の姿が映っているのに気付いた。
『そうか……僕が見たのはあの男の残像だったんだ！　いのちの残像……だとしたら……』
何か大きなうねりが近付きつつあることを、拓海は徐々に強く感じるようになっていた。そして、彼は掴むべき手掛かりが、今、目の前にあることを確信した。

拓海が店内に向かう前に、里奈が中から出てきた。彼女は財布をしまいながら、心配そうに言った。

「お店の人にじろじろ見られてるようで落ち着かないから、お金払って出てきちゃった」

「ごめん。お金出すよ。いくらだっけ」

「いいよ、私のおごり。でも、これからは背伸びしないでマックかミスドにしない？　ドキドキして、肩凝っちゃった」

「そうだね、了解。ちょっと寒いけどさ、やっぱり外の方がほっとする……」

二人は芸術劇場前の広場の手摺に寄りかかり、ホットドッグをかじりながら当たり障りの無い共通の話題を楽しんだ。冬の日は短く、午後3時には空気が冷えてきた。拓海はプレゼントされたストラップを見せながら言った。

「これ、ありがとうね。そろそろ帰る?」

里奈は黙って頷いた。その時になって、拓海は初めて里奈に尋ねた。

「あのさ、里奈の曾おばあちゃん、名前は何て言うの?」

里奈は質問の意図をつかみかねて、不思議そうに答えた。

「えー、私はいつも『大おばあちゃん』って呼んでるから……名前はえーと」

拓海は待ちきれずに先回りして言った。

「思い出して……里奈と同じ『根本』じゃないでしょ。ねえ、もしかして『岩崎』じゃないかな? それから、したの名前はなんていうの?」

彼女は思案顔で答えた。

「うぅん、違う。そんなんじゃなかった。したの名前なんて聞いたことないし……そうだ、確か中村よ。おばあちゃんが中村だから……あれっ、違う。おばあちゃんが結婚する前は何だったんだろう、曾おばあちゃんはもっと昔だもんね。わかんなくなっちゃった……大切なことなの？」

「そうか……女の人は結婚すると苗字が変わっちゃうもんね。べつに大したことじゃないからいいよ」

拓海がそう呟くと、里奈も呟くように付け加えた。

「ママは時々『大おばあちゃん』じゃなくて、『スズさん』って呼んでる」

拓海の頭の芯にきゅっと痺れが走った。

『きっと鈴だ！』


里奈にはまるでなぞなぞゲームだった。ただ、拓海に「りな」と名前で呼ばれたことが嬉しかった。その瞬間、彼女の記憶の中から曾祖母の病室の名札が鮮明に蘇った。

「あっ、そうだ。思い出したよ！　鈴江……えーと、高橋鈴江って書いてあった。考えてみると変だよね。曾おばあちゃん、おばあちゃん、ママ……みんな苗字がちがう。女は苗字が変わっちゃうの、不公平だよね」

拓海は人の流れを眺めながら、ゆっくりとした口調で言った。

「里奈の曾おばあちゃん、もしかすると僕の知っている人かも知れない……」


帰りの電車に揺られながら、拓海は鈴江の笑顔と良く通る声を思い出していた。会いたい、どうしても会ってみたい……いや、待てよ……里奈の曾祖母が本当に鈴江だったとしても、現在は96歳なのだ。拓海のことを覚えているだろうか。96歳の彼女が13歳の自分に会って喜ぶだろうか。

浦和駅で下車し改札に向かっている時、拓海の携帯電話に俊介からメールが届いた。元旦に初詣に行こうという内容だった。拓海は折り返し電話をかけた。意外そうな俊介の声が聞こえてきた。

「まだ何日かあるからメールの返信でもよかったのに……それで初詣に何処行く？　近いから調神社でいいか、それとも大宮の氷川神社まで行くか？　どっちにしても、面倒なのは避けたいから男だけで行こうぜ、女は抜きでさ」

俊介は少し苛立っているようだ。拓海は話すのをやめようかと思ったが、助けを求める気持ちの方が勝った。

「うん。あのね、電話したのは別の話なんだ……鈴が……」

拓海の慎重な口調から何かを察した俊介は、すぐに応えて言った。

「そっちが時間あるなら会って話そうよ。実は今、親父とお袋がやたら張り切って家中大掃除状態なのよ。もう夕方なのにまだ終わらないんだぜ。兄貴はさっさと出かけちゃってさ、こっちも逃げ出す口実を探してたところなんだ」

最近、俊介は両親を「親父」「お袋」と呼ぶようになった。実際は兄の真似であるが、そうすることで自分も大人びた気分を楽しんでいた。拓海はごく自然に大人モードに切り替えられる俊介が羨ましかった。


二人は以前のように文庫本売り場で待ち合わせた。拓海は8月31日に携帯電話を鈴江に渡そうとして失敗した時の話に続いて里奈が持っていた四つ葉のクローバーの古い携帯ストラップの件、そして最後に、彼女の曾祖母と鈴江は同一人物ではないかと俊介に話した。

俊介は聞きながら、驚いた顔になったり、途中で何か言いたいのを我慢して話の先を促したり、興味津々《しんしん》の様子だった。

「やっぱり……あの時、鈴ちゃんにケータイを渡そうとしたんだね。失くしたとか壊れたとか言ってたから変だと思ってたんだ。それに演奏会での須田のスピーチさ、鈴ちゃんへの伝言だったたんでしょ？　9月1日のお昼ごろだったもんね。いつか聞いてみようと思ってたんだよ」

拓海が話し終えると、俊介はすぐにそう言った。拓海は頷き、続けて言った。

「投げたケータイは鏡の中で燃えて灰になったけど、ストラップだけはあっち側に届いたんだと思う。鈴が僕の伝言を受け取れたかどうかは分からない。でも関東大震災で死なずに済んだ、きっと助かったんだよ！　上手く言えないけど、やっぱ良かった」

俊介は、したり顔になり気取った口調で言った。

「そのへんの推理小説より凄い話だけど、あの鈴ちゃんと里奈ちゃんの曾おばあさんが本当に同一人物かどうか確かめたいよね。それが大正12年と平成19年をつなぐジグソーパズルの最後の1ピースというわけだ」

俊介はポイントを突いていた。それはまさに拓海が抱えている憂鬱《ゆううつ》の本体でもあった。

彼の心の中に生き続けている鈴江は12歳の少女なのだ。自分は本当に96歳の彼女に会いたいだろうか？　拓海は顔を曇らせ、言った。

「そうなんだけど、確かめた方がいいのかどうか分からない。本当は怖いんだよ、会うのが……」

「そうか……そうだよね、もしかすると会ったことを後悔するかも知れないな。でもさ、会わなかったことを後悔し続けるのとどっちがいい？　考えてみろよ、96歳でおまけに病院に入ってるとなれば、残された時間は少ないと思うよ」

俊介の言葉は拓海の背中を強く押した。拓海は硬い表情のまま、ゆっくり頷《うなず》いた。決心がついた。

翌日の夕方、拓海と俊介は板橋の老人医療センター前で里奈と待ち合わせた。自主学習のテーマで昔の事を調べているので、曾祖母の話を聞かせて欲しいと頼んであった。

「ゆうべ、須田君から電話もらってびっくりした。ママにはお友達と一緒に曾おばあちゃんのところに寄るって言っておいたわ」

そう言って、里奈は心配そうに続けた。

「曾おばあちゃん、近頃は相手構わず若かった頃の話、それも同じ事ばかり話しているの。戦争中の学童疎開を引率した時のこととかね。だいぶボケてきたってママが言っていたわ。須田君達が探している答えを見つけられるかしら……浦和の歴史を調べるなら、うちの曾おばあちゃんより図書館かネットの方がいいかもよ」

3人はエレベーターで11階に昇った。そこは病棟の最上階だった。エレベーターホールの窓から遠く富士山の雪を頂いた姿が見えていた。拓海は里奈の後ろを歩きながら、鼓動が速くなるのを感じていた。里奈はドアが開いたままになっている4人部屋の前で立ち止まった。ぼそぼそと話し声が聞こえてくる。

「こっち、ついてきて」

と言って、彼女は窓際のベッドに向かった。そのベッドの主は、傍らの椅子に腰掛けている女性を相手に、横になったまま休みなく話している。拓海たち3人が近付いても話を止める様子は無い。

「……尾久《おぐ》の小学校の子ども達を連れて疎開《そかい》したのは飯坂温泉の旅館、と言っても実は田舎芸者の置屋でさ、薄暗くて寂しい所だった。そこの姉さんが子どもらの様子を見かねてね、お座敷のための着物を農家に持ち込んで、ほんの少しの米と野菜に交換して食べさせてくれた……終戦……お盆の頃だったね、あの日は大事な放送があるから必ず聴けと言われてさ……玉音《ぎょくおん》なんて今の人は知らないよね。子ども達を庭に正座させてみんなでラジオを聴いた。だけどさ、天皇陛下が何とおっしゃっているのか本当はチンプンカンプン、全然聞き取れなかったのよ。それでね、戦争が終わったんだと後になって分かった。勝ったか負けたかじゃなくて、終わったことが私らには一番大事だった。暗くて物悲しい盆踊りだったけど、それはそれは美しかった……なんだか可笑しな話……クックッ」

笑い出して言葉が途切れたところで、里奈が聞き役の女性に向かって言った。

「ママ、大おばあちゃんは今日も昔の話でご機嫌だね。こちら、さっき言った友達」

それから拓海たちに顔を向けて付け加えた。

「ママと曾おばあちゃん」

拓海と俊介は会釈した。曾祖母は話を止めて興味深そうに二人を見た。彼女の顔には何度も失敗した折り紙のようなしわが縦横に刻まれていた。髪は白くバサバサ、話す時には上の入れ歯がカタカタと鳴った。その人は老婆そのものだった。鈴江の面影は微塵《みじん》もなかった。拓海が抱いていた形の無い大切な思いは、一瞬にして見事に打ち砕かれた。並んで立っていた俊介は拓海がそのまま窒息して倒れてしまうのではないかと心配になった。それほどに拓海の動揺は激しかった。

「大おばあちゃん、今日は私の友達が一緒に来たよ、こちらは……」

拓海が本当に気絶してしまったらまずいと考えた俊介は、里奈が彼らの名前を言う前に、わざと先に割って入った。

「僕たち学校の自主学習で浦和の歴史を調べています。関東大震災の時のことを教えてもらえたらと思って来ました」

ここで俊介は一呼吸置いた。緊張のために自分の声が震えていることを隠すためだった。それから改めて核心に迫る質問を投げかけた。

「あのぅ、震災が起こったときは何処にいましたか？」

鈴江はきょとんとした顔を二人の少年に向け、黙り込んでしまった。拓海は一言も発することができないまま、ベッドの上掛け布団を穴の開くほど見つめていた。まるで、心臓を何処かに置き忘れたように全身から血の気が失せて、立っているのがやっとだった。突然、鈴江が語り始めた。

「あぁ……あの日は神田駿河台下の母の実家に行く約束が……」

「行ったんですか？」

俊介が先を促すと、鈴江は首を横に振って続けた。

「いや、行かなかった」

拓海の頭の中を鈴江の答えがエコーのように廻った。彼は叫びたいのを我慢して心の中で呟いた。

『そうか、鈴は行かなかった……行かなかったんだ！』

鈴江の話は、取り留めもなく続いていた。

「……浦和も結構揺れたけど家は大丈夫だったね。東京は大火事が起きて大変だった。

神田の煎餅屋も焼けて、伯母さんは行方知れず。地震の後、朝鮮人が悪いことを企《たくら》んでるってデマが広がってね、昨日までは仲良くしてた人を寄ってたかっていじめたんだよ。地震と大火事で、みんな頭がおかしくなっちゃったんだねぇ。大工をしていた絹ちゃんの親父さんも朝鮮から来た人でね、あの時はうちに一家で逃げ込んできたのよ。親父さんは浮気者の遊び人だったけど悪人じゃなかった。それに、絹ちゃんと私は大の仲良しでね……うちの父が判事さんに頼んで匿《かくま》ってもらわなかったら死人が出ていたかも知れない。怖い話でしょう？」

鈴江はたまたま浮かんできた記憶の抜き糸を楽しそうに紡ぎ続けている。話を本題に戻さなければならない。俊介は平静を装って鈴江に尋ねた。

「約束通りに神田に行かなかった理由を覚えていますか？」

鈴江は再びきょとんとなった。里奈と母も俊介の不可解な質問に訝《いぶか》しげな表情を見せた。拓海は身を硬くして答えを待った。

「さぁね、忘れた……」

鈴江はそう唐突に言うと、伏し目になっている拓海の顔を覗き込んだ。沈黙が続いた。拓海は促された気がしてふっと目線を上げた。それが合図であったかのように、彼女は満足そうに話を続けた。

「実はね、虫の知らせ……地震の前日の夕方……台風が来るらしいと大人たちが話しているのを聞いたので、大風で飛ばされないうちにと思って朝顔の種を集めていたら、目の前に焼け跡のような風景がパッと現れてパッと消えたのよ。本当に瞬きする間のことだったけど、坂の上に焼け残ったニコライ堂がはっきりと……。私はびっくりしちゃってね。大急ぎで母に頼んで、実家に電話してもらったんだ。でもね、とうとう誰も信じてくれなかった……」

俊介は僅かに笑みを浮かべ『やったね』という気持ちで拓海を見た。小さく頷いた拓海は、夏休み最後の日の夕方を思い出していた。震災後の大火で焼けた駿河台下の写真を印刷してメッセージを書き、鏡に映る壁に貼り、彼女に届けと祈ったときの緊張と絶望が蘇った。鈴江の話はまだ続いていた。

「……鏡の中に住んでいる男の子がいてね……」

拓海は凍りついた。

『この人は僕が誰なのか知っている?!』

俊介も、うなじに鳥肌が立つのを感じた。何も知らない里奈の母が困り顔になって話を止めた。

「またそんなこと言って。それは鈴さんの想像の産物でしょ。子どもの頃のね」

鈴江は意に介さず、断片的な物語が続いた。

「地震の揺れで仕事場の大きな姿見が私の目の前で倒れてね、ものすごい音をたてて割れた。それがあの子を見た最後だった……」

拓海と俊介は顔を見合わせた。

『演奏会のスピーチの時だ。そうか！　撮影に使ったカメラのレンズ！』

あの時、体育館を不思議な熱風が通り過ぎた理由が分かったように思えた。


「はーい、お夕飯ですよ」

夕食のトレーを持った看護師が病室に入ってきた。そろそろ帰るべきタイミングだと俊介は思った。欲しかった解答はすべて手に入った。ところが、なんだか後味が悪い。自分は拓海を助けるために彼と一緒に来た……興味本位ではなかったと誓えるだろうか。

俊介はすっきりしない気分のまま言った。

「どうもありがとうございました。いろいろな話をお聞きすることができて、とても参考になりました……ねっ、そうだよね？」

そう俊介に促されて、拓海は年老いた鈴江にかすれ声で言った。

「あ……ありがとう、ありがとうございました」

すると鈴江の右手がよろよろと差し伸べられ、拓海の指先に触れた。拓海はその手を恐る恐る両手で包んだ。鈴江は頷いて言った。

「役に立ったのね。よかった、長生きをした甲斐があった……」

鈴江の手は鶏ガラのように折れ曲がり、皮膚は弾力なく、蝋細工《ろうざいく》のように冷たかった。

拓海はこみ上げてくる感情をこらえて言った。

「さようなら」

ベッドサイドから離れる前に俊介が言った。

「早く元気になって、良い年をおむかえください」

「まあ、なんと礼儀正しい子達でしょう。ありがとう。私は大丈夫。ここは最上階、この病院で一番天国に近い病室ですからね。今度は寄り道しないで、真っ直ぐに逝かれそうですよ……ふふっ」

老嬢は鼻にしわを寄せて悪戯《いたずら》っぽく笑った。そして、いつものように夕食の品定めを始めた。二人の少年のことなど、既に眼中に無いらしい。拓海と俊介は会釈して病室を後にした。

廊下に出て数歩のところで、拓海の目から涙が溢れた。

『あぁ、もうダメだ、泣いちゃうよ……止められないや』

そう思うと、彼は歩きながら堰《せき》を切ったように泣いた。エレベーターホールに着くと、二人の少年は廊下側に背を向けて窓の外を眺めた。空はすっかり暗くなり、眼下では眠らない街がにわかに活気付いていた。俊介は慰めの言葉が見つからず、ただ黙って腕を上げ、拓海と肩を組んだ。ポケットからハンカチを出しながら、拓海が言った。

「あの写真に書いた伝言、本当は途中だったんだ……」

俊介は何も言わず、拓海の肩に置いた手に力を入れて応えた。

「鈴のこと大好きだよって書こうとしたんだ……本当に大好きだった、今度こそ、そう言ってあげたかった。それなのに、可哀そうで言えなかったんだよ……あんなお婆ちゃんになっちゃって……こんなことって、ひどいじゃないか！　残酷すぎるよ……」

そう言って、拓海は声を上げてまた泣いた。幼い頃のように、心が空っぽになるまで全身で泣いた。俊介は正面を見据えたまま、怯《ひる》まずに拓海の肩を抱き続けた。

「こういうの、もらい泣きっていうのかな」

俊介はそう呟《つぶや》くと、空いている方の手で自分の頬の涙を拭った。彼らの数歩後ろに、里奈が所在無げに立ったまま二人を見守っていた。彼女は拓海のただならぬ様子を心配して追ってきたのだった。


数分間がゆっくり流れ、拓海が少し落ち着きを取り戻した時、廊下の向こうから里奈の母が小走りに近付いてきた。

「よかった！　間に合って、大おばあちゃんがね、うるさいのよ……あの、里奈に渡したお守りがあるでしょ？」

「うん」

里奈が答えると、母は拓海の方に視線を移して続けた。

「それをこちらの紺色の上着の子に返して欲しいんですって……なんだか変なこと言い出してごめんなさいね。だいぶボケちゃってるから。でも、とても大事なことだって、子どもみたいに言い張るのよ……悪いけど、迷惑でなければ、受け取ってあげてくれるかしら？」

里奈が携帯電話から四つ葉のクローバー入りの古い飾りを外して差し出して言った。

「私はべつになくても大丈夫。須田君、こんな古いの嫌かも知れないけど、もらってあげて……はい。それから、気が向いたらメールちょうだいね」

拓海は黙ったまま頷いて飾りを受け取った。


病院を出ると、外気はひんやりと心地良かった。俊介が言った。

「何か食べて、たまには池袋で遊んでいこうよ。二人なら、怖いお兄やお姉に捕まる心配も無いし、3千円くらい持ってるから」

拓海はいつもの彼らしくなく、盛り場への誘いに乗った。

「うん。いいね。こっちも5千円ある。ゲーセンに行ってみたい」

病院の早い夕食が済むと、孫娘とその娘が帰り、いつもの長い夜が始まった。鈴江は醜《みにく》く節《ふし》くれだった右手に目を落とした。

『あの子はこの手を握ってくれた。暗い林の中、あれはいつだったかしら……戦争が始まるずっと前……そうだ、さっき誰かが大震災のことを話していたわ。あの子にもう一度会いたいなぁ。今度はちゃんとお守りのお礼を言わなくちゃならないのよ。それから、お別れも言わなくちゃ……』

鈴江の心はいとも容易《たやす》く少女時代へと飛んだ。最近の事柄はごちゃごちゃであやふやだが、子どもの頃の記憶は鮮明に残っていた。懐かしい浦和の家、仕立て屋の仕事場、母、父……そして、あの年の特別な8月。

『仕事場に行くと叱られるから、やめておきましょう』

鈴江はずるずると身体を動かして手を伸ばし、サイドテーブルの引き出しから手鏡を取り出した。そして、鏡の中を覗き込んだ。

その夜、拓海と俊介が浦和駅に戻って来たのは午後9時過ぎだった。

「須田の家の方を通って帰るよ」

人通りがまばらになった道を、自転車を引きながら並んで歩きだした時、俊介がそう言った。拓海は笑顔を見せて答えた。

「遠まわりじゃん？　もう大丈夫だから、真っ直ぐ帰っていいよ。今は上手く言えないけど、これで良かったんだと思う……きっとね」

そして、一呼吸おいて続けて言った。

「今日は一緒に行ってくれてありがとう」

拓海の礼の言葉は俊介の心に葛藤《かっとう》を呼び戻した。見せ掛けの親切心だったかも知れないことに、拓海は気付いているのだろうか？　俊介は本音を言うべきかどうか迷いながら歩いていた。駅周辺の商店街から住宅地へと移る辺りにさしかかったとき、俊介は拓海に謝る決心をした。営業を終え照明が消された花屋のウィンドウの前で、俊介は立ち止まった。近くを歩いていた賑《にぎ》やかな家族連れが遠く離れるのを待って、彼は言った。

「ごめん。本当は須田のためじゃなかったんだよ。自分が96歳の鈴ちゃんを見たかったんだ。須田の話を疑っていたわけじゃないけど、鈴ちゃんが実在するかどうかに興味があったんだよ。だから須田に付いて行った。悪かった。本当にごめん」

俊介は頭を下げた。しかし、拓海は自転車を店の壁に立てかけ、心奪われたように花屋のウィンドウを見つめたまま返事をしなかった。店の奥に、一箇所だけ小さな常夜灯がともされていた。うっすらと蒼白い光を受けた花々が、そっと二人の少年を見守っていた。

手前の店内はほぼ真っ暗なため、ウィンドウガラスには街灯の下の拓海と俊介が映っていた。いつの間にか人通りがぱったりと途絶え、辺りは静まりかえっていた。えっ、おかしいぞ……何か変だ。この空間は、さっきまで歩いていた道と何かが違う！　俊介はこめかみから頭頂部に向かって髪の毛が逆立つのを感じた。その時、漆黒のウィンドウガラスが怪しい輝きを放ち始めた。俊介は言いようの無い恐怖感に襲われて、拓海の腕を掴んで震える声で言った。

「逃げよう！　ここはなんかおかしいよ。気味が悪いから、早く！」

しかし、拓海は動かなかった。彼はクロゼットの鏡の中に初めて鈴江が現れた夜を思い出していた。

『あの時と同じだ……』

そして彼は待った。やがてガラスは細かな振動を起こし、さらには巨大なゼリーのように波打ち始めた。俊介は驚きのあまり声を失い、ハンドルから手を放した。自転車はスローモーション映像のように音も無く倒れた。

拓海はガラスを見つめたまま言った。

「鈴かも知れない……こんなことは、もう起こらないと思ってたのに……どうしたんだろう。それに、こんなに強い力は感じたことが無いよ。ねえ、見えるだろ？」

俊介は恐ろしさで強張った口をパクパク動かして、やっと声を出した。

「うん、見えるよ！　今度は3人とも同じ時代にいる。80年の流れを越える必要が無いから、めちゃくちゃ強力なんじゃないか？　これってマズイよ、ガラスがグニャグニャだぜ！　危ないから逃げた方がいい。せめて、ここから少し離れようよ」

しかし、身体が固まってしまったようで、二人とも動くことができなかった。その時、異常な波動が徐々に静まり、細かな振動になった。

「あっ！　見てっ！」

俊介が驚きの声を上げた。ガラスの奥に、二重写しのような映像ができ始め、やがて少女の顔がはっきり浮かんだ。

拓海が言った。

「鈴？」

彼女はもの言いたげな表情で何度も頷き返した。

「鈴、あのね、鈴に聞いて欲しいことがあるんだ……あっ、待って！　行かないで」

少女の顔は現れたときと同じように揺らぎ、消えて無くなろうとしていた。拓海は右手を差し出して必死で呼びかけた。

「お願いだ、待って！」

ガラスが大きく波打ち始めた。そのうねりに拓海の指が触れた。

「危ない！」

俊介が叫んだ。しかし、その声は同時に起こった激しいスパーク音に掻き消された。そして次の瞬間、信じられないことが起きた。拓海の右手がガラスの中へと消えたのだ。

「だめだ！　行っちゃだめだよ！」

俊介は泣き声になって叫んだ。その間にも、拓海の右腕、右肩、背中、腰が次々に引き込まれていった。彼は抗しがたい力で吸引され、全身の感覚が失われつつあった。

「あの世」への入り口に吸い込まれたときのようだ。

拓海は辛うじて振り返り、俊介に向かって懇願するように言った。

「危ないから、離れて！　……逃げろ！」

拓海の頭がガラスの中に消えるのと同時に俊介は拓海の左手に飛びついて叫んだ。

「だめだよ！　連れて行かせるものか！」

彼はガラスの彼方に呼びかけるように続けて言った。

「鈴ちゃん、鈴ちゃん、聞いてくれよ。須田は僕の親友だ。大切な友達なんだ。だから、連れて行かないで！　……お願いだよ、鈴ちゃん、拓海を返して！」

それから俊介は渾身の力を込めて拓海の左腕を引っ張った。数秒間が長く長く感じられたころ、俊介の両手は力尽きた。

「あー、ダメだ。ごめんね、頑張ったけど、もうダメだよ。ごめんね……ごめんね……」

拓海の左腕は俊介の手中からするりと抜け、ガラスの中へと消えて行こうとしていた。

その時だった。残された拓海の指先が動いている！　助けを求めている！　俊介は変化に気付いた。ガラスの向こうへと吸引する力が明らかに弱まっている。俊介は慌てて拓海の左手を掴み、今一度、力いっぱい引っ張った。今度は手ごたえがあった。拓海の身体が少しずつ戻ってきたのだ。

『よし、なんとかなりそうだ。もう少しだぞ！』

俊介は引っ張り続けた。拓海の頭と右肩が現れ、続いて全身がガラスから一気に転がり出てきた。俊介は力余って路上にしりもちをついた。そして、その場にへたり込んだまま言った。

「あぁ、よかった！　どうなることかと思った。大丈夫？」

「うん、なんとかね」

「あっち側は？　鈴ちゃんに会った？」

拓海は俊介の隣に仰向けに倒れたまま答えた。

「突然だったんで何が起こったのか分かんなかったよ。真っ暗で何も見えなかった。でも、たしか人の手みたいなものに触ったような気がした……」

その時、再びガラスに鈴江が現れた。呆然と見上げる二人に向かって、懇願するようにゆっくりと唇を動かしているが声は聞こえてこない。

「何か言いたいみたいだ」

俊介がそう言うと、拓海が彼女の口の動きに合わせて言った。

「『あ・り・が・と・う』『さ・よ・う・な・ら』……」

「そうか、鈴ちゃんはお礼とお別れを言いに来ただけで、須田を連れて行こうとしたわけじゃないのかも知れないね」

「うん、さっき中山が引っ張っても身体が止められなくて、もうダメかと思ったときに、向こうから少し押し戻されたような気がした。その時なんだ、何かに触ったのは……」

そう言いかけて、拓海ははっとした。

「そうか！　鈴の手だったんだね。鈴が押してくれたんだね。僕のことを助けようとしてくれたんだ」

するとガラスの中の鈴江は嬉しそうに何度も頷いた。彼女は頷く度に見る見る年を重ね、ついに老婆になり消えていった。

「おい、君たち、ここで何しているんだ」

路上に転がったままの二人の顔を警官の懐中電灯が交互に照らした。花屋のショーウインドウは何もなかったようにひっそりと静まり返っていた。

病室に見回りの看護師が入ってきて、鈴江に言った。

「あら、こんな時間に鏡に向かってお口をパクパクしているのは、鏡の中の誰かさんと内緒話かしら？　それともお化粧直しですか？　もう消灯時間を過ぎていますよ。他の方にご迷惑になりますから、電気消しますすね。続きは明日にしましょうね」

「そうね……この鏡、たぶんもう使うこともないから、荷物の方に入れておいてくださいな。あーぁ、今日もつまらない一日だった。つまらなすぎてね、疲れちゃったわ、ふふ……」

看護師に手鏡を渡しながら、鈴江はそう言って可笑《おか》しそうに笑った。差し出した鈴江の右手のひらに軽いやけどのような発赤《ほっせき》を見つけて、看護師が言った。

「あら？　どうしたのかしら。痛みますか？　何か塗り薬をお持ちしましょうね」

「いいえ、全然、なんともありませんよ。薬なんて……いらない、いらない」

鈴江は右手を胸に当て、満足そうな微笑を浮かべて答えた。

警官は二人に早く帰宅するよう促して立ち去った。俊介はそのまま拓海の家の近くまで一緒に歩き、別れる前に真面目な口調になって言った。

「今日のこと、忘れないよ。須田が許してくれてよかった」

拓海はハイタッチのポーズをして答えた。

「中山は命の恩人だからね、ありがとう」

俊介は笑ってハイタッチに応え、ペダルに足を掛けながら言った。

「こっちは手を貸しただけ、助けたのは鈴ちゃんだよ、じゃあね、バイバイ」


家に着いた拓海がカーポートの隙間に自転車を止めている時、煙草をくわえた亘が玄関から現れた。彼はポーチの花壇の縁に腰を下ろし、ライターで煙草に火をつけて言った。

「おぅ、遅いご帰還だね。ママの角が出かかってるぞ」

そして、寒そうに腕組みをすると続けて言った。

「まったく、愛煙家には住みにくい世の中になったよな。おじいちゃんはさっきまで外で拓海を待っていたよ、寒かったろうに……。心配をかけたんだから、『ただいま』くらいはちゃんと言ってくれよ」

拓海は父の隣に腰を下ろして言った。

「心配してくれなんて頼んで無いもん」

煙草を唇に運びかけていた亘の手がぴたりと止まったのを見て、拓海は続けて言った。

「だいじょうぶだよ。今の答えはママ用バージョンでね、脊髄反射《せきずいはんしゃ》で出ちゃうんだ」

亘は鼻先でクスッと笑ってから、真顔になって言った。

「パパはあと2週間でまた行かなくちゃならない。今度は長期になるから、拓海はパパの代わりにみんなを守って欲しいと思っている。とくに、おじいちゃんはこの頃弱ってるから、大事にしてやってくれ。拓海の名前の源になった人だからね」

「えっ、でも名前を付けたのはパパとママでしょ？」

「そうだよ。実はこの名前には隠れた理由があるんだ。拓海が生まれる時にママが話してくれた。おじいちゃんが太平洋戦争のときに海軍航空隊のパイロットだったのは知っているかい？」

拓海が頷くと亘は続けて言った。

「おじいちゃんはママが生まれる時に男の子だと決めていて、飛行機乗りにすることを夢見ていたそうだ。生まれたのが女の子で、それはがっかりしたそうだけど、ママにはこぼれんばかりの愛情を注いでくれた。ママは一人っ子だったので、おじいちゃんの夢は果たせないままになってしまった。だから、男の子が生まれたら、おじいちゃんの海軍の思い出をそっと忍ばせた名前にしたいって……ママは親孝行したかったんだろうな。これが拓海の名前の本当の由来さ。今までは小さかったから、海の季節に生まれたからとか言ってたけどね。パパはママの気持ちがよく分かったから拓海と名付けた」

「ふぅん、そうだったんだ……ねえ、パパとママのことを、これから『親父』と『お袋』って呼んでもいいかな」

拓海は自分の名前の由来話をあっさり受け流した後、照れくさそうにそう尋ねた。亘は息子の淡泊《たんぱく》な反応に少し戸惑っている様子だったが、缶ビールの空き缶に吸殻を入れて花壇の隅に隠すように置き、立ち上がりながら言った。

「いいよ、そんな年頃になったたってことかな……」

その夜、拓海は自室に戻ると机の引き出しから「とらや」の最中《もなか》の箱を取り出した。蓋を開けると、祖父からもらった「偵察員須知」が現れた。彼はその本を手に取ると、暫《しばら》く見つめていた。『海軍航空隊か……』彼は65年前の未知の世界に思いを馳《は》せた。それから本を箱に戻し、ズボンのポケットからあの四つ葉のクローバー入り携帯ストラップ飾りを取り出して表紙の上に置き、箱の蓋をそっと閉じた。

エピローグ

冬休みは終わり、短い三学期が始まった。1月中旬には父が中国に出発し、2月末には期末テストを乗り切った。飛ぶように過ぎていく毎日を送りながら、これが充実した日々と呼ぶに相応《ふさわ》しいのかしらと皮肉っぽく考えたりもした。二学期に落とした得点と順位を復活できたおかげで、春休みの特別ゼミに申し込む意欲が出てきた。

「あなたたち中高生は勉強さえしていればいい贅沢な身分。勉強が仕事の恵まれた年頃なのよ、何の不満があるというのかしら！」という母の口癖に迎合《げいごう》したわけではないが、それを言う大人の気持ちが何となく分かるような気もしてきた。身体が一人前の男になったと実感した時には武者震いもでるが、大人に近付くに連れて苦しいことや嫌なことが色々と増えたように思えるからだ。

ピーターパンのネバーランドは子どもにとっては当たり前、大人の目で見るからこそファンタジーなのだ。俊介は勉強とプライベートとスポーツのバランスを取れるのが大人だと言うが、これもおそらくは大学生の兄の言葉だろう。拓海は能力の配分を考えること自体を苦痛に感じ、できることなら子どものままでいたいと思った。

　春休み直前の3月中旬のある日、拓海は里奈から短いメールを受け取った。病院で別れた時以来、彼女とは連絡を取り合っていなかった。里奈への想いが、実は鈴江に対するものだったのではないかと、拓海は自分を疑っていた。その悲しい疑問に封印をしたくて彼女を避けているうちに、すべての出来事が過去へと押し流されつつあった。メールの文面はこうだった。

『1月4日、曾祖母が亡くなりました。眠るように穏やかな顔でした』

「そのメール、昨夜もらったんでしょ。えっ、それじゃ、うちらが病院に会いに行ってから、ほんの数日後じゃないか！　どうして今ごろ……」

　放課後、まだ寒さの残る別所沼のベンチで、拓海の携帯電話を覗き込んだ俊介が不思議そうに言った。それから彼は何か閃いたように続けた。

「そうか！　あの晩、花屋のウィンドウに鈴ちゃんが現れたのは、本当のお別れだったんだね」

拓海は里奈から貰った新しいストラップを指先で軽くはじきながら頷いて言った。

「うん、メールを見たときは正直言ってショックだったよ。けど、今度はパニクらなかった。それはよかったんだけどさ、やっぱ最後まで言えなかったのは悔いが残るよ、鈴のこと大好きだって……」

俊介は珍しく拓海の目を見て、微笑を浮かべて言った。

「ちゃんと伝わってたさ。あの携帯ストラップ、85年間も大切に持っていてくれたんだぜ。考えてみろよ、85年だぜ。その間には関東大震災や太平洋戦争とか、日本がひっくり返るような出来事がいっぱいあってさ……生き抜いてきただけでも大変なことじゃん。あんなちっちゃな物、何処かでなくしちゃってもおかしくないのに、ずっと持ち続けていた。なんか凄くドラマチックでいい感じじゃん、羨《うらや》ましいよ！　それにしても、里奈ちゃんは何故すぐに知らせてこなかったんだろう？」

「里奈はたぶんこっちからの連絡を待っていたんだと思う……」

その時、冬の眠りから覚めきらない木々の間から公園沿いの道を歩くアベックが見えた。女の子は陽子だった。相手は上級生の生徒会副会長だった。それを目で追いながら俊介が言った。

「里奈ちゃんは待つタイプだな。陽子は待ってくれなかったよ。自分のシナリオのとおりに周りを動かそうとする。おまけにプライドが高くて、振られる前に自分が振らなくちゃ我慢できないタイプさ。やっぱ、ヒラリーはヒラリーだった」

「中山は女子に人気があるから、その気になれば『彼女』なんて簡単につくれるでしょ？　ところで、本物のヒラリー・クリントンよりもオバマの勢いがすごいよね。女性初よりは黒人初の大統領誕生が見たいな……ほらっ、こないだ授業でやった『アンクル・トムの小屋』から、たった150年くらいでホワイトハウスまで来たんだから、物凄く感動的だと思わない？」

拓海はこう言いながら、自分がとてもつまらないことを喋っているような気がして心配になり、俊介を見た。彼はアベックが去った後も道の方を眺め続けていたが、ふと思い出したように答えた。

「150年が短いか長いかは、人によるよ。兄貴が言ってたんだけどさ、アメリカは国ができてから230年くらいしか経っていない。でも、日本は江戸時代だけでも260年以上あるんだぜ。日本史に比べたらアメリカ史はメッチャ簡単だって。でも230年の間の150年って言ったら、結構長くないか？　それほど人種問題は根深いんだってさ。これも兄貴の……えーと、受け売りってやつ。近頃、うちの親はテレビのニュースを見て、オバマがキング牧師のように暗殺されなければいいけどってマジに心配してるよ。ところで、我が校のヒラリーは着々と会長席に近付いているね、『したたか』ってこういうことかな……ねえ、春休みになったら里奈ちゃんを誘って、三人でどっか遊びに行こうよ。お前と俺と里奈ちゃんで……卒業旅行みたいにさ」

拓海は俊介から親しみを込めて『お前』と呼ばれたことに安堵《あんど》し、クスッと笑って言った。

「いいね、でも何で三人なの？　初詣の時は女はめんどくさいとか言ってたよ」

「そりゃ、女の子がいた方が楽しいに決まってるじゃないか。あの時はですね、陽子に調子合わせるのが馬鹿らしいって気付いちゃった時だったんだ……あんまり追及しないでよ！」

そう言って天を仰いだ後、俊介は思い出したようにまた口を開いた。

「そう言えば、あの日病院を出る前に渡された古い携帯ストラップは、どうした？」

「あるよ。おじいちゃんから貰った秘密の宝物と一緒にしまってある」

「宝物？　まあ、普通、宝物は秘密だよな」

「うん。おじいちゃんの青春」

「おじいちゃんの青春？？　全然わかんない。意味不明。まあ、いいや……」

　俊介は立ち上がって大きく伸びをした。辺りは暗くなり、公園の灯が次々にともり始めた。黄昏時の水面に、街灯の光が美しく揺らいでいた。拓海は顔を上げて嬉しそうに言った。

「『かがよふ』だ！　思い出したよ。こないだのテストの時、できなかったんだけどさ……。きっと、こんな景色に使う言葉なんだね」

　俊介はやれやれという表情を浮かべて拓海を見下ろしていたが、促されるように別所沼に目をやると頷いて呟いた。

「あぁ、ホントだ。きらきらしてる……きれいだな」

　そして、クスッと笑って付け足した。

「だけどさぁ、男二人で景色褒めてどーすんのよ」

夕食後、拓海は二階の自室に上がると、先ず机の上をきれいに片付けた。そして、引き出しから「とらや」の箱を取り出した。机の上に箱を置き、慎重に蓋を開けた彼は『はっ』と息を呑んだ。

『四つ葉のクローバーの飾りがなくなってる！　どうしたんだろう……』

祖父から貰った本の表紙の上から、あの携帯ストラップ飾りが消えて、小さな一部分だけが白っぽく新しい紙のような色に変わっていた。それは飾りを置いた場所だった。四つ葉のクローバーは役目を終えて、今度こそ消滅したのだろうか。それとも、鈴江とともに再び旅立ったのだろうか。

拓海の不思議な体験を物語る品は、これで本当に消え失せた。そして、「特別な8月」の輝きを分かち合った少女が遥か彼方へと去った今、もう涙は出なかった……悲しくはなかったから。その代わり、心の底に何かがジーンとゆっくり広がっていくのを感じた。

拓海は表紙に残された白い跡を指先でそっとなぞってみた。粗い紙の感触が伝わってきた。止めていた息をゆっくり吐き出してから、彼は立ち上がった。そして、クロゼットの扉を開けて鏡を見た。ちょっとは大人になったということなのだろうか。穏やかな優しい表情を湛《たた》えた、らしくない自分がそこにいた。

あとがき

人は幼い頃の心の風景を人格のどこかに投影させつつ成長するものです。その過程の中で、中学生時代とは「大人への擬態《ぎたい》」を始める特別な通過点と考えられます。この時期の子は自分を取り巻く全てを冷静に分析する能力を持ちながら、その一方では、知的判断とは相容れない強い私意を制御できません。日々繰り返されるこの衝突が、理由なき苛立ちや突然の寂寥となって噴出することになります。つまり、中学生たちは我々大人が考えるよりもはるかに理知的であると同時に、驚くほど稚拙《ちせつ》な面を併せ持っています。こうして誰もが通る十代の混沌は、今も昔も全く変わりません。自身のほろ苦い思い出を、この愛すべき現代の若者たちに重ねながら、私は人として大切にしなければならないことを彼らに伝えたいと考えました。

そのひとつは、庶民が体験した太平洋戦争です。兵士だった父からは戦場の出来事、小学校教員だった母からは学童疎開や空襲の話を聞きながら、私は幼少期を過ごしました。昭和が遠くなりつつある今、不完全ながらも戦争の記憶を共有できる人間に育ててくれたことを、私は両親に深く感謝しています。

現在の両親は80代、介護を必要とする老人になりました。私は両親の代わりに年金、医療費、介護保険などの調べ物や手続きを体験し、国の政策や行政に「真の優しさ」が足りないことを痛感しました。この国の繁栄の土台を支え続けてきた沢山の人々が老いて社会的弱者になり、生きる意味を失おうとしています。戦後日本の再生を成し遂げた世代に対する敬意といたわりの気持ちは何処へ行ってしまったのでしょう。ひとりでも多くの若者に、老いは誰にでも必ず訪れることを覚えていて欲しいものです。

もうひとつは、人と人の間に信頼の絆を生むことの大切さです。コミュニケーションができてこそ、ヒトは人間になります。本物の言葉は心を育て、心は言葉にいのちと力を与えます。こうして、家族を愛し、友人を愛し、故郷や在住地を大事に思う気持ちが国を愛する心へと緩やかに広がるのです。教育の現場でしばしば議論になる「愛国心」は自然な芽生えに任せるべきであり、積極的に教え込む種類のものでないことは明白です。

若者たちが純朴な優しさを持ち続けられますようにとの願いを込めて、私はこの物語を書き上げました。少年と少女の時代を超えた淡い恋愛模様の背景に、祖父母、両親、そして親友の存在を温かく感じていただけたなら、作者として嬉しい限りです。

本書の出版にあたり、辛抱強くお付き合いくださった文芸社出版企画部の秋山浩慈氏と編集部の佐々木浩樹氏、より良い仕上りをめざして頑張ってくださった文芸社スタッフのみなさんに感謝します。

２００９年６月　　　倉島　知恵理

著者プロフィール

倉島 知恵理（くらしま ちえり）

1955年生まれ。歯科医師、歯学博士。専門は免疫病理学。15年間の研究職兼病院病理勤務の後、木版画工房 Studio C 開設、現在に至る。埼玉県在住。著書に『ストレイランドからの脱出《だっしゅつ》』（2007年文芸社）がある。

遥かなる八月に心かがよふ

2009年 8 月15日　初版第 1 刷発行

著　者　倉島 知恵理
発行者　瓜谷 綱延
発行所　株式会社文芸社
〒160-0022 東京都新宿区新宿1－10－1
電話 03-5369-3060（編集）
03-5369-2299（販売）

印刷所　株式会社エーヴィスシステムズ

ISBN978-4-286-07268-5